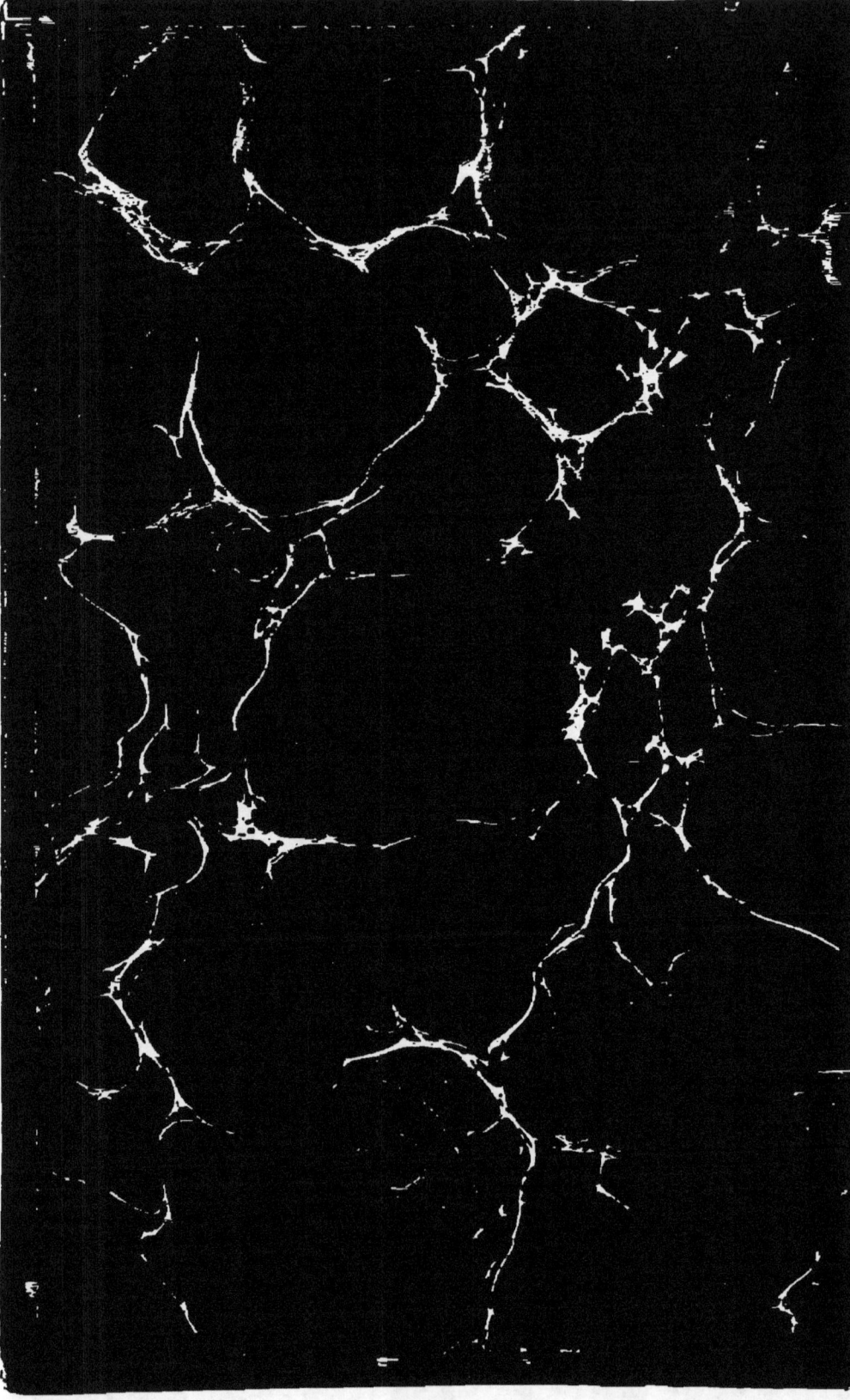

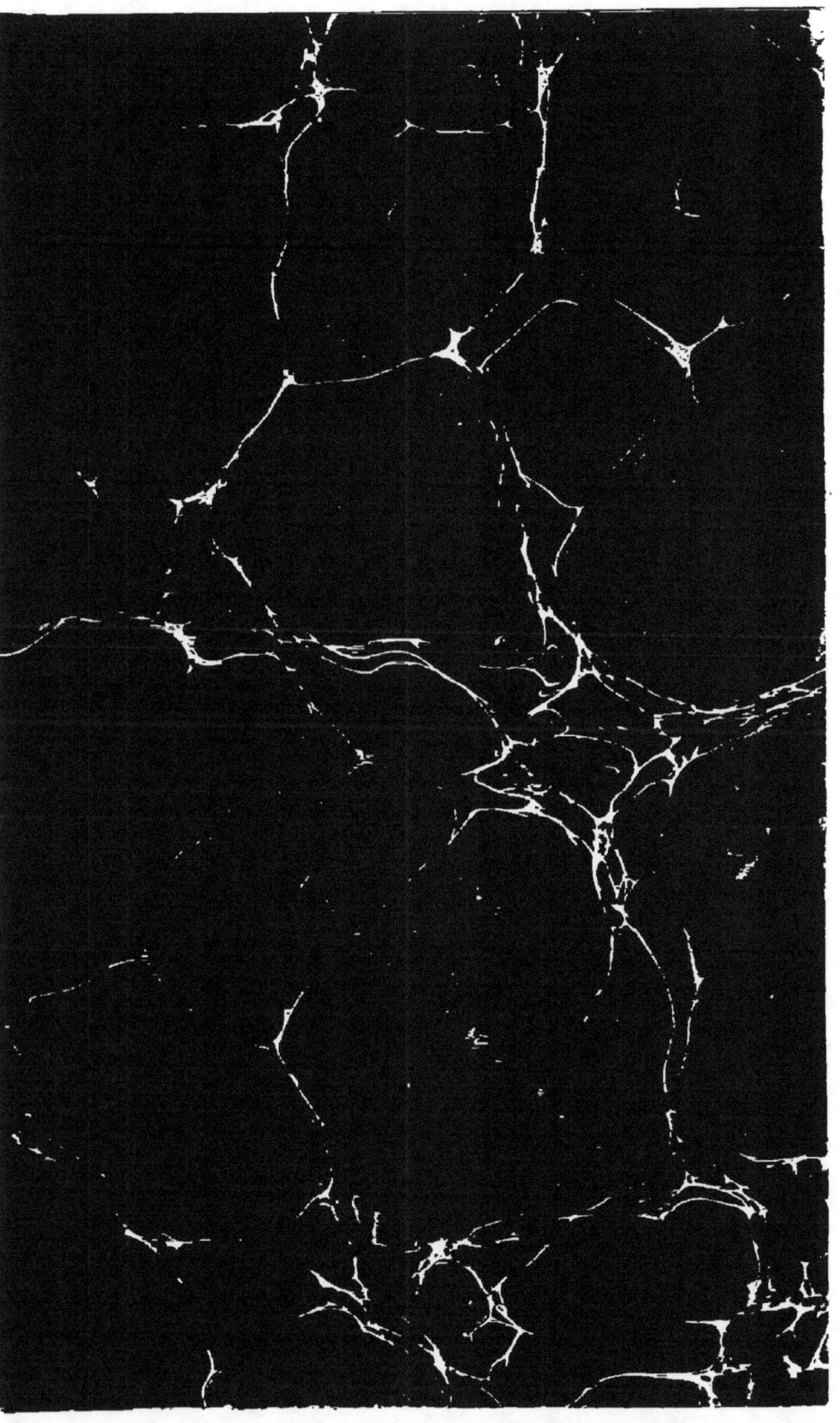

1846
N

181464

CALEMBOURGS

DE

L'ABBÉ GEOFFROY.

Z

Grace, grace, Monsieur l'abbé : On ne jouera point les I
Spa .

CALEMBOURGS

DE
L'ABBÉ GEOFFROY,

faisant suite à ceux

DE JOCRISSE ET DE Mme ANGOT,

O U

LES AUTEURS ET LES ACTEURS

CORRIGÉS AVEC DES POINTES.

OUVRAGE PIQUANT.

RÉDIGÉ PAR G.....S D...L.

IMPRIMERIE DE BRASSEUR AINÉ.

A PARIS,

CHEZ CAPELLE, LIBRAIRE-COMMISSIONNAIRE

RUE J. J. ROUSSEAU, N°. 346.

AN XI. — 1803.

ÉPITRE DÉDICATOIRE

À Mlle VOLNAIS.

En vous dédiant ce recueil, mademoiselle, je ne fais que mon devoir, et jamais devoir ne me parut aussi doux à remplir. Je m'explique : tout le mérite de mon recueil, si tant est qu'on veuille lui en accorder, tout le mérite de mon recueil, dis-je, consiste dans un choix de plaisanteries spirituelles échappées à la négligence aimable de M. l'abbé Geoffroy. Et ces aimables plaisanteries qui les lui a inspirées? Vous ; oui, vous seule, mademoiselle,

1 *

et j'en prends ici à témoin tous les oisifs de la capitale qui, chaque matin, dévorent le feuilleton du Journal des Débats : je leur demande si, avant que vous parussiez sur la scène française avec autant d'éclat, Geoffroy n'était pas méchant sans esprit, railleur sans gentillesse, critique sans gaîté ? Mais vous venez embellir la scène, et Geoffroy se dépouille du vieil homme : *inspiré par vos charmes, il répand le sel à pleines mains : il ne devient pas, il est vrai, plus avare d'injures, mais ces injures-là mêmes sont tellement aimables, que ceux à qui elles sont adressées ne peuvent s'en fâcher,* et qu'elles excitent la bonne humeur des parties désintéressées. Oui, mademoiselle, nouvelle Aurore, vous avez rajeuni ce Titon décrépit : devenu Zéphire *pour vous plaire*, il a juré de vous soustraire aux fureurs de l'Aquilon, et, convaincu lui-même qu'il vous devait en partie ses brillans succès , tandis qu'il déchirait tout le monde avec des épines , il vous a constamment caressée avec des roses. En voyant les éloges mérités , quoique extrêmes , qu'il vous prodigue , j'ai cru mainté fois que Tibulle et Catulle avaient trouvé un digne successeur : je me suis bientôt aperçu pourtant que la nature l'avait créé pour l'épigramme. Mais, ces épigrammes, il les a faites pour vous plaire : il a cru que, semblable aux autres femmes, votre amour - propre serait encore plus satisfait des injures prodiguées à vos compagnes que des complimens qu'il vous adresserait. Il vous a mal jugée, sans doute ; mais je n'en ai pas eu moins raison de dire que Geoffroy vous devait son esprit : donc, en vous dédiant un ouvrage destiné à le mettre en évidence, je n'ai fait que vous rendre ce qui vous appartenait.

Agréez, mademoiselle, ma respectueuse reconnaissance.

PHILO-GEOFFROY.

AVERTISSEMENT

utile à ceux qui lisent des aver-
tissemens, comme à ceux qui
n'en, lisent pas.

JE vous avertis donc, cher lecteur, que ce petit recueil, que je
soumets à votre critique, n'a rien,
absolument rien de commun avec
l'Esprit... de Geoffroy, ouvrage
assez lourd, et qui s'offre chez la
plupart des libraires de la capitale. J'ose même vous assurer
que mon plan est diamétrale-
ment opposé à celui de l'auteur
de l'ouvrage en question. Il a
cherché dans les feuilletons ce qui
tenait au raisonnement : je n'ai,

moi, extrait de ces mêmes feuilletons que les plaisanteries aimables dont ils fourmillent. Il a
présenté Geoffroy avec son bonnet de docteur : moi je le pro-
duis avec la marote de Momus. Il
a copié servilement : moi j'ai
choisi. Au surplus, j'étendrais
davantage mes comparaisons que
cela serait fort inutile : ce que j'ai
de mieux à faire, c'est de vous
engager à vous convaincre par
une lecture attentive de l'inter-
valle immense qui sépare les *Calembourgs de l'abbé Geoffroy*
de l'*Esprit..... de l'abbé Geoffroy.* J'ai dit.

PRÉFACE.

Vere dignum et justum est que les calembourgs d'un homme aussi illustre dans la littérature que l'abbé Geoffroy soient enfin recueillis et mis au jour par un juste admirateur de ses talens dans ce genre-là : on a fait cet honneur à des calembourgs qui ne valaient pas les siens.

Des calembourgs dans les feuilletons de Geoffroy ! vont s'écrier ces hommes qui ne s'arrêtent qu'à la superficie, et qui jugent l'auteur d'après l'ouvrage. Oui, messieurs, des calembourgs dans les feuilletons, et des calembourgs superfins ! Vous allez m'objecter que personne n'a plus déclamé que lui contre ce misérable abus de l'esprit, qu'il entre en fureur à la moindre apparence d'un calembourg dans les ouvrages qu'il analyse : cela est vrai. Mais je vais vous en faire sentir la raison : si Geoffroy s'est déclaré ouvertement l'ennemi des calembourgs, c'est qu'il a voulu se réserver pour lui seul le plaisir d'en faire, et qu'il a regardé ceux qu'il voyait faire aux autres comme une espèce de vol qu'on lui faisait à lui-même. Il s'est écrié comme le métromane :

Ils nous ont dérobé; dérobons nos neveux;
Et, tarissant la source où puise un beau délire,
A la postérité ne laissons rien à dire.

Et il a fait des calembourgs; il

en a fait ! il en a fait !... Enfin vous verrez.

Sous ce titre vague de *calembourgs*, j'ai compris tous les *jeux de mots*, *rébus*, *coq-à-l'âne*, *antithèses*, etc., que l'on rencontre à chaque pas dans les articles du professeur. J'ai cité exactement, j'ai copié ses expressions, et je garantis la fidélité des dates. J'ai poussé le scrupule au point de ne pas faire un article à part pour les calembourgs qu'on lui attribue, mais dont je ne me suis pas assuré par moi-même. Je n'ai pas voulu citer, par exemple, ce vers ridicule que tout le monde sait par cœur :

Vous, ministre *sacré*, *non d'un Dieu*, mais d'un homme.

Je n'ai pas voulu le citer , parce

2*

qu'il aurait pu s'inscrire en faux contre moi.

L'on verra dans ce recueil que personne n'a jamais porté aussi loin que le cher abbé le talent de jouer sur les titres des ouvrages qu'il analyse, ou plutôt qu'il déchire; car il est un peu comme les harpies, le pauvre homme; il abyme tout ce qu'il touche. En preuve de ce que j'avance, je vous renvoie aux articles des *Evènemens Imprévus*, de *l'Un pour l'Autre*, du *Trésor Supposé*, des *Mystères d'Isis*, etc.

Je n'ai pas voulu m'astreindre à un ordre de dates, èt la chose doit vous être égale; mais elle ne l'était pas à moi. En voici la raison : avant qu'il ne me vint dans l'idée de faire un re-

cueil de ces calembourgs , j'en avais
noté quelques-uns pour mon instruc-
tion particulière ; et quand j'ai voulu
réunir en un corps d'ouvrage ceux-là
et les nouveaux dont j'avais eu connaissance depuis , je n'ai pas cru devoir entreprendre de les classer date
par date ; j'aurais plutôt laissé tout là.
J'en ai donc recueilli trois ou quatre
cents au hasard. Je n'ose pas affirmer
qu'ils soient tous également bons ; mais
il y en a dans le nombre que *Jocrisse* et
Madame Angot ne désavoueraient pas :
voilà ce qui m'a fait naître l'idée
de donner ceux-ci comme une suite
des immortels chefs - d'œuvres de
ces deux illustres personnages. Si
vous prenez goût aux miens , c'est à
dire à ceux de l'abbé, vous m'en fe-

rez part , et j'espère étre sous peu dans le cas de vous donner un supplément aussi considérable que ce recueil : si la chose ne vous convient pas , nous n'en resterons pas moins amis.

Comme je finissais ma préface , on est venu m'apprendre que Geoffroy venait d'étre nommé professeur....... Serait-ce de calembourgs ? Vous me le direz.

CALEMBOURGS

DE

L'ABBÉ GEOFFROY.

Je prends le premier feuilleton venu : c'est celui du 18 vendémiaire an 10. Dans ce feuilleton, Geoffroy fait un parallèle de la traduction des Géorgiques, par l'abbé Delille, avec celle du citoyen Raux. Il cite en preuve de l'infériorité de celle du dernier le fameux épisode d'Orphée, et rapporte un extrait de la traduction de chacun des deux rivaux. Voici les trois derniers vers de celle du citoyen Raux :

1

Il (Orphée) regarde enchanté son épouse chérie ;
Mais ce regard funeste, aux portes de la vie,
Perdit l'heureux succès de ses tendres concerts.

Et Geoffroy de s'écrier :

J'avoue que je n'admire point l'*heureux succès* de cette versification. Notez bien que le vieux professeur a eu la malice de souligner *l'heureux succès*, pour que le calembourg ne pût échapper au plus bénin de ses lecteurs. Voilà ce qui s'appelle pousser l'attention un peu loin : mais patience ; nous n'y sommes pas.

18 germinal an 10.

A propos du *Philosophe sans le Savoir*, que l'ami Geoffroy tance d'importance, quoique ce pauvre *philosophe* le fût sans connaissance de cause, ce qui devait atténuer son crime, le judicieux critique retombe sur ce malheureux Voltaire, et, rapprochant le coup de marteau du *Philosophe* du coup de canon d'*Adélaïde du Guesclin*, il prouve, lui Geoffroy, d'une manière *éclatante* que ce *coup de canon* est un effet théâtral où il y a plus de *bruit* que de *génie*..

J'espère que celui-là doit *s'entendre*.

7 germinal an 10.

Une petite place pour celui - ci : il n'est pas des meilleurs, mais il passera dans le nombre ; et d'ailleurs je me reprocherais de priver mes lecteurs du moindre trait capable de décéler le génie *calembourgique* du maître.

En rendant compte de la première représentation de *René Lesage*, il s'étonne qu'on ait tardé si long-tems à lui rendre hommage, et il prétend que pour *élever un monument* à Lesage, les meilleurs *architectes* du Vaudeville n'étaient pas encore trop bons.

Architecte et monument ! comment le trouvez-vous ? insignifiant, n'est-ce pas ? Je vous l'avais bien dit : d'ailleurs, lisez la préface ; je ne les ai pas promis tous également bons. Passons à un autre.

Encore un tout petit dans le même feuilleton : pour le comprendre, il faut connaître le couplet d'annonce qui avait précédé la première représentation de *Réné Lesage* , et se rappeler à quelle occasion il fut fait. On venait de proclamer la paix deux heures auparavant; et *Laporte* , ce charmant arlequin du Vaudeville, avait dit :

Air du vaudeville de la Petite Métromanie:

Pour éviter certaine guerre
Entre le public et l'auteur,
Par un couplet préliminaire
On vous engage à la douceur.

En conséquence, moi, Laporte,
Je venais demander la paix :
Le canon a la voix plus forte ;
Il vous l'*annonce*, et je me tais. .

Geoffroy prétend qu'une pièce paraissant sous d'aussi favorables auspices, ne pouvait être sifflée ; de bons citoyens n'auraient jamais voulu mêler le bruit aigu et discordant du sifflet au *joyeux tonnerre*, qui portait l'*ivresse* dans les cœurs ; ils se seraient fait scrupule de *rompre la paix* pour une bagatelle.

C'est dommage pourtant que celui-là soit *écrasé* par le *tonnerre* qui porte *l'ivresse* dans les cœurs. Elle est jolie l'expression ! quel dommage qu'un auteur ne l'ait pas risquée dans un petit vaudeville ! comme le régent des Quatre-Nations eût *grondé* le pauvre auteur pour son *tonnerre !* Mais chut : je n'ai promis que les calembourgs

1 *

cetle fois. Les beautés du style de M. Feuilleton me fourniront un autre volume, s'il plaît à Dieu et au rédacteur.

10 germinal an 10.

Le Retour Inattendu tombe à Feydeau : au lieu de plaindre l'auteur, *il relève bien haut sa chûte*, et débite un très-joli sermon sur l'anarchie qui désole les empires et les théâtres. Je l'ai lu; j'y ai baillé. J'étais à la cinquième colonne, et je désespérais de ma recherche; mais j'ai été assez heureux pour trouver celui-ci, que j'offre dans sa beauté primitive.

Vous savez qu'il est question du *Retour Inattendu*, et *le retour attendu*, devinez. *Le retour attendu*, c'est *le retour* de madame Saint-Aubin, attendu, et même avec impatience, j'en conviens. Que n'a-t-elle fait comme

Philis, qui nous a délivrés d'Andrieu !
que n'a-t-elle emmené son mari Saint-
Aubin ! on aurait moins gémi de son
absence.

21 germinal an 10.

THÉATRE LOUVOIS.

*Première représentation d'*UN PETIT
MENSONGE.

« Je suis surpris (c'est Geoffroy qui
parle) qu'on donne le titre de *Petit
Mensonge* à une comédie qui, par sa
nature, n'est qu'un tissu de *mensonges
assez gros.* Au reste, tous les arts sont
des *mensonges*, et spécialement l'art
dramatique. . . . .

« La société n'est qu'un *mensonge*
continuel : dans toutes les conditions,
le plus habile est celui qui sait le mieux
mentir. Permettons à la fable de nous
tromper pour nous instruire, comme

on permet aux belles de *mentir* pour nous rendre heureux. Les *mensonges* de la poésie ont cela de commun avec les *mensonges* de la pudeur : ils valent mieux que la *vérité*. D'ailleurs...... »

Vous nous donnez ça pour des calembourgs? — Un instant. J'ai choisi cet exemple sur mille pour prouver avec quel esprit le professeur se servait du titre seulement d'une pièce pour remplir les deux ou trois premières colonnes de son feuilleton. — A la bonne heure. — Je vous demande grâce pour le premier, cependant ; j'espère qu'il doit compter. — Le premier ? — Je m'étonne qu'il vous ait échappé, car il est assez *gros* comme cela. Retournez-y.

2 ventôse an 10.

« Le cours de Laharpe est une lan-
« terne magique..... » — Lanterne

magique, soit ; mais c'est la seule de
son espèce , car les objets s'y rape-
tissent furieusement à nos yeux : et
quand j'y vois passer successivement
Bernis , *Mafilâtre* , *Gilbert* , *Thomas* ,
Champfort, pour y faire aussi triste figure, je suis tenté de casser les verres de
la *lanterne magique*. Ah ! un instant ,
un instant. Moi qui voulais briser ma
lenterne magique ! que de beautés vous
alliez perdre ! Jamais je ne me serais
pardonné mon emportement. Appro-
chez, messieurs et mesdames ; appro-
chez : vous allez voir *le tems qui n'a*
point épargné l'ode où *Thomas* a voulu
le *peindre* , et celle de Laharpe sur la
navigation qui a *fait naufrage*. —
Comment , il n'en est pas resté quelques débris ? — Pas le moindre. Ceux
qui avaient surnagé ont été derechef
engloutis dans la *fontaine de Meudon* ,
au bord de laquelle le vieux professeur

de lycée fut , *après son fâcheux évènement* , réfléchir sur la rapidité de
la vie qui s'écoule comme *une eau
courante*. — A un autre. Le pro-
fesseur-démonstrateur termine l'examen de la lanterne magique du lycée
par *évoquer tous les morts lyriques* qui
ont paru devant lui , et solliciter de ses
auditeurs un *memento* dans la *commé-
moration générale de ces pauvres trépas-
sés*. Assurément on ne reprochera pas
à notre rédacteur de penser à lui ; car
c'était ici le cas de solliciter , par an-
ticipation , la même grâce pour son
feuilleton : il en aura plutôt besoin qu'il
ne pense.

16 vendémiaire an 11.

En voici un dont Geoffroy n'est que
l'éditeur ; mais la prédilection qu'il
semble avoir pour lui me ferait présumer qu'il pourrait en revendiquer la

paternité, d'autant plus que le vieux papa ne hait pas les comparaisons gaillardes, ce que vous aurez lieu de remarquer par la suite, si tant est que vous ne demeuriez pas en chemin.

« Un professeur en droit, de Poi-
« tiers, s'étant avisé d'épouser une
« femme de réputation équivoque dans
« l'université, entreprit, dès le lende-
« main de son mariage, d'expliquer à
« ses élèves une question de jurispru-
« dence déjà fort rebattue dans les
« écoles : *J'entame, messieurs,* leur
« dit-il, *un sujet qui n'est pas neuf, et*
« *qui a souvent été approfondi par nos*
« *docteurs.* Jugez des éclats de rire ! »

Se non e vero, e ben trovato.

Je n'examine pas si le professeur en droit, de Poitiers, ne serait point le professeur de réthorique de Paris, et j'aime mieux en croire Geoffroy sur

parole ; mais ce qui est à lui incontes-
tablement, ce dont il ne partage la
gloire avec personne , ce sont les réflexions que cette plaisanterie lui donne
lieu de faire : les voici : « Je crains que
« mes lecteurs ne soient tentés de rire
« aussi en me voyant *revenir sur Zaïre,*
« déjà presque *usée* par les comédiens ,
« et qui semble avoir *épuisé* la critique. »

C'est, je pense, le dernier effort
du génie que d'avoir trouvé dans un
seul calembourg matière à trois autres aussi jolis , et qui présentent des
idées aussi riantes. Au fait , qui n'en-
vierait le bonheur de Zaïre *usée* par les
comédiens , *épuisée* par la critique ,
et qui voit *revenir sur elle* un adonis de
soixante ans? Pour votre intérêt et le
nôtre, M. Geoffroi, ne vous y *arrêtez*
pas long-tems ; car si vous alliez vous y
épuiser vous-même, que deviendrions-
nous ? *Réservez vos forces* pour Mlle

Volnais : elle en aura besoin lorsqu'à leur retour *les fameuses actrices qui voyagent seront étonnées de la voir en possession des suffrages du parterre, et de retrouver professe celle qu'elles ont laissée novice.*

Du 26 prairial an 1o.

Il y a bien dans ce feuilleton, consacré à *Venceslas*, un *olympe comique*, à la tête duquel *Jupiter-Lekain foudroie* Marmontel, qui avait retouché Venceslas ; *une Junon-Clairon* qui se déclare contre le protégé de son mari ; mais qu'est-ce que cela prouve? que Geoffroi fait venir ses allégories *d'un peu haut*, et voilà tout. Si vous voulez vous donner la peine de continuer le feuilleton, vous y verrez que « les « *applaudissemens* sont une *manne* qui « *nourrit* le talent, quand elle est *ad-* « *ministrée à juste dose*, mais qu'il

2

« ne faut pas avilir *cette précieuse den-*
« *rée en la prodiguant.*

De la manne une denrée! oh! parbleu, je n'*avalerai* pas celle-là.

4 thermidor an 20.

Ma foi, vous le lirez..... —
Mais... — Vous le lirez, et puis vous
me direz si vous avez rencontré style
oriental qui vaille celui-là. Devisme
n'est rien en comparaison. (1)

« PIERRE-LE-GRAND.

« *Seconde rentrée de madame Scio,*
« *femme Messié.*

« En proie à tant de fléaux destruc-
« teurs, ce théâtre (Feydeau)

_____

(1) On se rappelle, ou on ne se rappelle pas,
que Devisme, administrateur de l'Opéra, fit
imprimer une lettre orientale pour annoncer
que l'Opéra ne commencerait plus qu'à neuf
heures du soir.

Lève un front moins timide, et sort de ses ruines.

« Long-tems veuf de ses deux ac-
« trices principales, il revoit avec
« plaisir ces objets chéris dont il avait
« porté le deuil. La Parque n'a pas osé
« couper de si belles trames. Le dieu
« du *sombre empire*, qui craint d'y
« voir entrer le moindre *rayon de lu-*
« *mière*, a sans doute appréhendé d'y
« voir introduire, avec deux canta-
« trices françaises, les Jeux et les Plai-
« sirs. Madame Scio reparaît avec ses
« talens et un nom nouveau : c'est ma-
« dame Messié qui va recueillir le pa-
« trimoine de gloire acquis par ma-
« dame Scio. »

Voilà. Je vous ai donné un échan-
tillon du style sublime de Geoffroy. Il
m'est pénible d'avouer que le professeur d'éloquence ne peut long-tems sou-
tenir son *vol si haut*, et qu'il retombe à

terre un peu vîte ; mais nous n'y per-
dons rien : je dis plus, nous y gagnons,
Autrement aurions-nous su « qu'*Escu-
« lape et Apollon*, d'une part ; de l'au-
« tre, *Corvizart et Garat* doivent se
« réunir pour engager madame Scio
« à mettre sa voix *à la diète* ; que
« *Pierre-le-Grand* est fort *petit* à l'Opéra
« Comique, et que les *lamentations* de
« Catherine n'ont pas le mérite de
« faire rire ; » mérite que possède au
suprême degré le *risible* feuilleton de
l'Abbé.

Dites à présent, malin lecteur,
dites, si vous l'osez, que j'ai eu tort de
m'arrêter sur le numéro du 4 thermidor
an 10.

9 thermidor an 1o.

Est-ce que vous croyez que Voltaire
savait le grec ? Hé bien ! détrompez-
vous : s'il a eu le dessein de vous per-

suader qu'il lisait à livre ouvert les poëtes *grecs*, c'est une *gasconnade* poétique : Sophocle était pour lui du *haut allemand*.

Ce n'est pas moi qui le dis; c'est Geoffroy qui prétend que l'auteur d'Œdipe réservait pour le beau monde et la bonne compagnie la passion d'une espèce de *dom Quichotte* (Philoctète) pour une vieille *dulcinée* (Jocaste) qui a un *fils majeur* (Œdipe), et qui depuis long - tems est grand'mère. Comme Geoffroi est le plus *grand grec* de Paris, on ne doit pas supposer que sa critique manque de justesse. Il serait difficile de prouver qu'elle manque de goût : une *vieille dulcinée ! un fils majeur !* joli! joli! joli.

2 *

16 thermidor an 10.

ESOPE A LA COUR.

Il n'y a qu'un instant vous avez vu
les comédiens français métamorphosés
en dieux , et foudroyant à leur gré le
mortel qui avait su leur déplaire (1): aujourd'hui , « *armé de pied en cap* , ce
« sont *d'habiles généraux* qui , pour
« rétablir la gloire de leurs armes (2),
« renforcent *la brigade des auxiliaires*
« *du parterre*, et distribuent, après l'ac-
« tion , *des prix militaires aux braves*
« *qui se sont signalés par les plus grands*
« *coups de main.* »

Je vous y prends , railleurs qui prétendez que Geoffroy n'a fait *ses armes*
qu'au collège. Comme si l'on pouvait

---

(1) Vid. le numéro du 26 prairial an 10.

(2) Monvel , qui jouait *Esope* ce jour-là ,
avait échoué précédemment dans *Oroes.*

raisonner aussi savamment sur l'art militaire, et en employer les termes aussi à propos, sans avoir été au moins dix ans caporal dans la garde bourgeoise !

A propos, je parie que vous n'avez pas pris garde au sens profond que renferme cette expression : *Les plus grands coups de main.* Hé bien, monsieur, il y a, outre le complément de l'allégorie militaire, un très - joli petit calembourg fait d'un trait de plume : lisez plutôt. Vous avez su votre catéchisme autrefois ; mais peut-être l'avez-vous oublié : consolez-vous, ami lecteur ; Geoffroy, qui pense à tout, vous offre un moyen de l'apprendre de nouveau ; c'est d'aller entendre *prêcher* Monvel dans le rôle d'Esope. Irez-vous ? Ma foi, *pour être bourré de préceptes tout crus*, je ne vous conseille pas. Au surplus, voilà ce pauvre Monvel, de *guerrier*, devenu *prédicateur*. Voyons comme il finira.

A l'ordinaire prochain.

I2 thermidor an 10.

Allons, très-décidément, Geoffroy ne veut plus donner à Monvel ni dignités militaires ni dignités ecclésiastiques ; il lui défend d'aspirer même à l'épiscopat : il lui enjoint de rester un bon et simple ecclésiastique comme l'Abbé de l'Epée, ce qui convient beaucoup mieux, dit-il, à l'*humilité* de son physique. Allons, allons, plus d'esprit que de politesse.

27 thermidor an 9.

Ce Geoffroy est un gouffre d'érudition. Quelquefois pourtant il en sème assez mal à propos ; mais ce n'est pas aujourd'hui que j'aurai le courage de lui faire ce reproche, puisqu'il la déploie pour avoir occasion de faire un joli calembourg. Il s'agissait de rendre compte d'une pièce donnée au Vaudeville sous le nom du *Triple Engagement :* (et ici j'observe que ce théâtre est celui qui fournit à l'illustre régent la plus ample moisson de calembourgs; sans doute il veut tuer les gens avec leurs propres armes) Geoffroy, à propos du *Triple Engagement*, rapporte un vers d'opéra que voici:

Un tendre engagement va plus loin qu'on ne pense.

Ce *tendre engagement*, ajoute l'érudit critique, était un cheval qui conduisait autrefois les maîtres à danser hors de Paris. — Mais quel rapport.... — Laissez donc ; vous allez voir la malice : il fallait dire que le *Triple Engagement* ne serait pas aussi heureux que le *tendre engagement*, et qu'il n'irait pas loin, attendu qu'il serait bientôt *rendu.*

Comparer un vaudeville à un bidet,
pour faire un calembourg, ce n'est pas
là de l'érudition bien placée ! soutenez
le contraire.

Mais ce n'est pas tout : il suit son
allégorie, et dit : l'accueil que le public lui a fait à la première représentation, était de nature à l'arrêter *tout
court*. Mais le Vaudeville est le plus
mutin des..... théâtres, etc. ; il repro-
duit ses pièces sifflées avec une obstina-
tion inconcevable. Ecoutez donc, maître Geoffroy, puisque vous le compa-
rez à un *cheval*, vous devez trouver na-
turel qu'il veuille *se cabrer*..... contre
les sifflets.

15 thermidor an 9.

Les antithèses ne seraient-elles pas
un peu de la famille du calembourg ?
Je fais cette question, parce que si je ne
pouvais les faire passer dans ce recueil

à la faveur de la parenté, je vous priverais d'une infinité de jolies choses : Par exemple, je ne vous communiquerais pas un ingénieux rapprochement entre *mademoiselle Gros* et l'*Abbé Pellegrin* ; je ne vous dirais pas que le critique a donné la préférence à la première sur le dernier, parce que son premier hommage était dû à la *divinité nouvelle*, et qu'à présent il va parler du prêtre. Voyez-vous, *divinité* et *prêtre*, quel rapprochement ! Au surplus, le *desservant de la chapelle* du vaudeville, qui était *mauvais poëte* et *bon homme*, qui ne fit jamais couler *de fiel* de sa plume, et ne composa que des vers *innocens*, a eu plus à se louer de son *paroissien* que la *divinité* du temple de la rue de la Loi. L'impie ! au lieu de brûler de l'encens sur ses autels, il s'est rendu coupable envers elle de mille impiétés ! il semblait frémir de la voir

entrer dans l'olympe , et sans redouter sa vengeance , il a fait, nouveau
Titan , tous ses efforts pour l'en préci-
piter.

18 thermidor an 9.

Voulez - vous voir mon héros se
jouant parmi les fleurs ? ouvrez le journal du 18 thermidor an 9 , et vous verrez que le 16 était la *fête* du Conser-
vatoire , et que ses enfans ont voulu
lui donner un *bouquet.* Dans six colonnes, je suis honteux de n'avoir pu
cueillir que ce bouquet-là.

3o prairial an 10.

Vous allez quelquefois , sans doute ,
au théâtre Louvois : Hé bien ! c'est un
grand pas que vous faites, sans y son-
ger , dans la carrière du salut. Au dire
de M. l'Abbé, c'est une *église* où l'on

chante *des antiennes* en l'honneur d'un des *saints* de la philosophie du dix-huitième siècle. Il y a mieux : il traite hardiment d'*impies* ceux qui traitent ces *antiennes*-là de bagatelles. Vous avez ouï l'anathême : gardez de l'attirer sur vous.

Du reste, dans toute la longueur de ce feuilleton, il n'y a pas le plus petit mot pour rire. *Fecit indignatio versum.* Il y est question de ce pauvre *Helvétius* ; et après avoir si vertement tancé le *Philosophe sans le Savoir*, je vous laisse à penser comme notre professeur gourmande le fermier général qui était *philosophe le sachant bien.*

Suit l'analyse de la pièce, et, comme j'ai eu l'honneur de vous le dire, dans icelle pas le moindre coq-à-l'âne. Vous vous en seriez même passé entièrement, n'était une phrase dans laquelle l'auteur d'Helvétius (Andrieux) pré-

3

tend qu'on ne saurait écrire sans être *déchiré par les prétendus gardiens de la littérature*, ce qui donne lieu à Feuilleton de dire que ces *hurlemens* contre la critique sont *rauques*, et que cette attaque gratuite est une *étourderie* digne de l'auteur des *Étourdis*.

Tout en rendant justice à la manière adroite avec laquelle il a ramené cette plaisanterie, je lui ferais bien voir qu'il n'a pas su tirer tout le parti possible du contraste entre ces deux pièces d'Andrieux, la Vengeance *d'un Sage*, et les *Étourdis*..... Mais motus; si j'allais faire un feuilleton quelque jour, j'en veux garder pour moi.

19 prairial an 10.

Voici du curieux, du nouveau donné tout à l'heure...... Quittez un moment l'*église* de Louvois, et les *antiennes* qui s'y chantent; venez au *confessionnal* du

théâtre de la République : vous y verrez, dans le cinquième acte de la *Co-
quête Corrigée*, *un cœur libertin mis en
pénitence, et réduit aux actes de contrition.* Vous me demanderez peut-être s'il
obtient l'*absolution* : qu'il lise le feuilleton du 19 prairial an 10, et il l'aura
mérité pour tous ses péchés passés,
présens et à venir.

17 prairial an 10.

Entrons maintenant dans le bazar de
l'Opéra-Comique-National, à la suite
de notre *Cicéroné*, et consultons-le
avant d'acheter. Ma foi, la sottise est
faite ; mais il n'en est pas moins bien
dur *d'acheter une vieille et mauvaise
bagatelle plus cher que si c'était du
neuf et de l'excellent.*

Si la marchandise vous déplaît, vous
n'en direz pas autant des deux mar-
chandes (Mlles Pingenet), me répli-

qua notre conducteur : ces deux jeunes personnes travaillent beaucoup ; *et c'est à l'excès du travail qu'il faut attribuer sans doute l'espèce d'altération que vous remarquez dans les traits de la cadette : c'est une fleur que le soleil a regardée de trop près. Sa sœur soutient mieux la fatigue.*

Le professeur en droit de Poitiers n'aurait-il pas travaillé à cet article?

13 prairial an 10.

Ils sont charmans ceux que je vais citer! ils sont délicieux, d'honneur! mais pour savoir s'ils sont justes, je m'en réfère à l'autorité de Mentelle.(1)

Dans le *Pacha de Suresne*, pièce jouée au théâtre Louvois, trois jeunes filles veulent écrire à Constantinople pour

---

(1) Professeur de géographie.

épouser le même homme : cela donne occasion à l'Abbé d'observer que la géographie est d'un grand recours pour les filles. « Néanmoins, ajoute-t-il, les « filles qui savent le moins de *géo-* « *graphie* sont celles qui font voir aux « hommes *le plus de pays.* Les femmes « n'ont pas besoin d'étudier *le globe*; « la connaissance *du monde* leur suffit, « et la *moins savante fera perdre la* « *carte* au plus habile *géographe.*

N'avais-je pas raison de dire que *Mentelle* était l'homme de France le plus capable de décider la question? Quoi qu'il en soit, toujours est-il vrai que la plaisanterie ci-dessus vaut un excellent traité de morale, qui nous donne à entendre comme quoi, pour ne pas être la dupe des femmes, il faut s'adresser à celles qui n'auront fait d'autre voyage que celui de Paris à Saint-Cloud, et qui ne connaîtront

3 *

d'autre route que celle de *Vaugirard* à *Vanvres*, et de *Montmartre* à *Pantin*.

Mais c'est qu'on ne se figure pas combien notre critique est initié dans les secrets de la galanterie : je crois, Dieu me pardonne, qu'il en donnerait à garder à *Moncade*. (1) *Un jeu de mots*, dit-il, *n'est pas ce crime heureux que le sexe ne pardonne qu'en invitant à le commettre : il faut faire contre les femmes autre chose que des épigrammes pour qu'elles encouragent le coupable.* C'est pour cela sans doute que notre homme accable d'éloges mademoiselle Volnais. Compterait-il sur des *encouragemens* de sa part?.. Allons donc !

4 floréal an 10.

On aura jusqu'ici remarqué comme

_____

(1) Nom de l'*Homme à Bonnes Fortunes*, dans la pièce de ce nom.

moi, et l'on pourra remarquer dans la suite, que notre critique met dans ses allégories, calembourgs, antithèses, coq-à-l'âne, etc., un esprit d'ordre vraiment admirable ; c'est-à-dire, qu'il n'y ajoute rien d'étranger au sujet. C'est donc une tâche bien pénible à remplir pour moi que de vous offrir dans le numéro de ce jour une suite de calembourgs allégoriques, qui n'ont entr'eux connexion aucune.

Le professeur allait voir, *pour son argent*, Iphigénie en Aulide au théâtre Français. *J'arrive*, dit-il, *aux barrières du Louvre qu'habite Melpomène.* Superbe début ! pompeuse allégorie !

Quid feret hic tanto dignum promissor hiatu.

Les guichets, c'est lui qui continue, *les guichets où l'on perçoit le droit de passe n'étaient pas encore ouverts.* Voyez comme déjà l'allégorie tourne à gauche ! Admirez avec quelle adresse il métamorphose les porteurs de billets donnés en *une chaîne de galériens bordée d'une haie de soldats !* Des galériens dans le palais de Melpomène, et des galériens à la chaîne , *qui ont l'air de faire queue à la porte d'un boulanger !* elle est noble la comparaison !

Suivons. Présentement le palais de Melpomène n'est plus un *bagne* ni un *four de boulanger ;* c'est un salon de restaurateur, où *les citoyens qui ont payé trouvent en arrivant les meilleures places prises par ces convives d'autant plus affamés que l'écot ne leur coûte rien.* De galériens devenus philosophes, ces pauvres billets *gratis* ont , *en intrépides cartésiens ennemis du vide,* rempli sur-le-champ toute la salle ; ce n'est pas , il est vrai, de matière subtile. Soit , mais vous les traitez un peu grossièrement.

Ah! mais aussi c'est trop de métiers à la fois! *Les voilà maintenant grenadiers à la solde des rois de théâtre, qui les entretiennent au service de leur ambition.* Vous leur faites jouer le rôle d'Ange de Joyeuse,

Qui prit, quitta, reprit la cuirasse et la haire.

Ici finissent les comparaisons. Geoffroy va jouer le rôle du berger Pâris : il s'empare de la pomme d'or ; et après avoir gravement discuté les prétentions des trois déesses *Gros, Bourgoing* et *Volnais,* il la donne, comme de raison, à Vénus-Volnais. Puisse-t-il obtenir pour son jugement une aussi belle récompense, et en profiter aussi bien que son libertin de patron! C'est ce que je lui souhaite.

15 germinal an 10.

Comment! il faut que moi, chétif, j'aille relever une faute de cette na-

ture chez mon très-honoré maître en
calembourgs ! il faut que je lui fasse
sentir la différence qu'il y a entre un
baromètre et une girouette, la pesan-
teur et la légèreté ! « Le répertoire
« de cette fameuse représentation, (la
« représentation donnée à l'Opéra au
« bénéfice de Molé) le répertoire de
« cette fameuse représentation a été
« long-tems aussi *variable* que nos *ba-*
romètres : aujourd'hui c'était *la Co-*
« *quette Corrigée ;* demain, *le Préjugé*
« *à la Mode :* enfin, le *vent* s'est fixé
« à *l'Amant Bourru.* » Le vent d'un
baromètre ! mais vous n'y pensez pas :
j'aurais dit, moi, que le répertoire
avait long-tems *tourné* comme une *gi-*
rouette, et que le vent s'était *fixé* à
l'Amant Bourru. Le *vent* de la girouette !
il aurait été *senti* celui-là ! et j'aurais
voulu, pour tout au monde, le *souffler*
à Geoffroy pendant qu'il composait

cet article : au lieu d'un calembourg avorté, il en eût fait un charmant, et sa réputation y aurait gagné.

14 germinal an 10.

Et puis dites qu'il ne badine pas avec grâce, l'ami Geoffroy ! dites, et je vous renvoie au feuilleton de ce jour, dans lequel, passant en revue tous les personnages du *Congé*, ou *la Fête du Vieux Soldat*, (pièce jouée au Vaudeville à l'occasion de la paix) il tombe sur un vieux tambour nommé *Tunder-Ten-Ton. Ce tambour*, dit-il, *déplaît prodigieusement à Georgette, avec sa livrée jaune et son reste de moustache : il lui faut une moustache toute entière.*

On ne dira pas, j'espère, que celui-là *est tiré par les cheveux.*

Plus loin, au bas de la quatrième

colonne, lisez : *J'ai remarqué avec surprise un sarcasme contre les calembourgs, qui a réussi plus qu'il ne convient aux intérêts du Vaudeville, et qui, sous ce rapport, me semble peu patriotique : les auteurs semblent vouloir couper les vivres à leur patrie.* (Piron l'a dit il y a long-tems en parlant des chardons de Beaune.) Il cite le couplet qui finit par ces deux vers :

Voici des œillets d'Inde ;
C'est le prix du calembourg.

Transformer ainsi en dindons les faiseurs de calembourgs ! s'écrie Geoffroy ; *c'est une hardiesse plus que lyrique.* Le professeur a raison d'en appeler de la métamorphose. Si elle avait lieu, je connais certaines personnes qui pourraient aller bientôt garnir le devant d'une des boutiques en plein vent du quai des Augustins.

13 floréal an 10.

Tout le monde a retenu ce vers de Nanine, fameux par sa dureté :

Non, il n'est rien que Nanine n'honore.

Je me souviens de l'avoir entendu prononcer à Molé de manière à diminuer le vice de la versification, au point de le rendre insensible. Fleury n'a pu faire à Geoffroy une aussi heureuse illusion ; il a eu de la peine à *faire arriver ce vers à bon port*. Ces n multipliées étaient, dit-il, *autant de petits cailloux qui ne pouvaient trouver passage dans son gosier.*

L'expression est drôle ; mais puisqu'on dit un vers *rocailleux*, on peut sans inconvénient prendre pour des *cailloux* les mots qui le composent : du reste, l'idée est jolie, bien rendue. Je m'en souviendrai.

4

Et, le cœur d'Araminte! (dans les
Fausses Confidences) *qu'on emporte
d'escalade dans un clin-d'œil , tandis
qu'il aurait fallu trois mois pour ré-
duire la place ; et Marivaux , qui a
réuni en un seul jour assez d'attaques
pour faire lever le siège ! et....* Quand
je vous disais que Geoffroy a été caporal , pour le moins.

10 floréal an 10.

Il y a d'honnêtes gens partout, di-
sent les Normands : on a rencontré
quelquefois un homme d'esprit en
Champagne : on trouve, rarement il
est vrai , mais enfin on trouve de la
modestie chez quelques auteurs, de
la bonne foi chez quelques marchands,
de l'esprit chez quelques journalistes,
de la politesse chez quelques commis,
de l'affabilité chez quelques parvenus ,
de la probité chez quelques procureurs,

de la justice chez quelques juges : pourquoi ne trouverait-on pas de la vertu chez quelques demoiselles des chœurs du théâtre Feydeau ? C'est donc méchamment, et à dessein de nuire, que le rédacteur du feuilleton , en rendant compte de la première représentation de *la Statue*, ou *la Femme Avare*, pièce d'Hoffmann, jouée sur ce théâtre, apprend, à ceux qui ne l'ont pas vue, qu'il y a dans cette pièce un miroir magique, dont la glace se ternit quand une fille d'une réputation équivoque se mire dedans. *Ce sont*, dit le critique, *les filles des chœurs du théâtre Feydeau qui subissent l'examen : chacun s'attend bien à voir la glace se ternir.* — S'attend bien ! Avez-vous senti, monsieur le professeur, les dangers de votre perfide insinuation ? avez-vous calculé..... Mais je vous le passe, à condition que vous n'y reviendrez plus, et que vous allez me fournir tout de suite un joli petit calembourg.

Volontiers : passez à la fin de l'article. — Bon! j'y suis : « La beauté de « la décoration n'a pu *éblouir* assez les « spectateurs pour les *aveugler* sur les « défauts de la pièce. » Hé bien? — Pas mal ; mais vous pouvez faire mieux.

27 germinal an 10.

« Il est dans le cœur humain cer- « taines cordes qu'on ne saurait tou- « cher sans en tirer un son doulou- « reux. »

Ces paroles sont tirées de *Misan- tropie et Repentir*, chrétiens auditeurs. Jusqu'à l'époque où vous connûtes ce chef-d'œuvre germanique, où vous entendîtes prononcer ces paroles, vous n'imaginiez pas que le cœur humain fût une espèce de guitare ; non, vous ne l'imaginiez pas. Depuis lors même, nombre d'incrédules ont ri de la bizarrerie de l'expression , et n'ont pas voulu ajouter foi à cette sublime découverte. Révoquez en doute maintenant, si vous l'osez, chrétiens auditeurs ; révoquez en doute une découverte appuyée de l'autorité de notre frère Geoffroy : et quand vous saurez qu'*il n'est pas de bon citoyen dont le cœur n'ait fait sa partie dans le Te D um* qui fut chanté à Notre-Dame le jour de Pâques, dites que le cœur humain n'est pas un instrument ! Amende honorable , ou bien *væ miseri in ignem æternum.*

21 floréal an 10.

Pauvre Aristote ! et toi aussi l'on t'exhume pour te décocher un calembourg ! De quoi diable aussi t'avisais-tu d'écrire sur les fleurs de la rhéto-

4 *

rique, au lieu d'empêcher ton fou d'écolier d'ordonner l'incendie de Persépolis au milieu d'un repas où il s'était enivré? Il est vrai que tu nous aurais fait perdre un joli calembourg ; que le feuilleton des Débats aurait perdu l'occasion de dire : *Cet Aristote a écrit sur les fleurs de rhétorique avec un style très-peu fleuri.* Il est vrai que...... Ah mon Dieu! pardon, mille fois pardon ; l'article n'est pas de Geoffroy : je viens de m'en apercevoir, et je vais.... Toutes réflexions faites, je le laisse, parce que s'il n'est pas de lui, il est au moins de *son école*, et le maître peut s'attribuer une partie des talens de son écolier. Celui-ci du moins peut lui en faire hommage; et si une portion de la gloire de *Raphael* rejaillit sur *Perrugin*, une portion de la gloire de *Jordans* sur *Rubens*, une portion de celle de *Guérin* sur *Regnaud*, celle

de *l'écolier* Z peut rejaillir toute entière sur Geoffroy. D'ailleurs, ce Z
pourrait bien ici n'être que la lettre
initiale de *zéro*, ce qui serait alors
un nouveau calembourg, puisque
M. Zéro n'étant qu'un *zéro en chiffre*,
le professeur semblerait avoir signé lui-
même cet article.

7 floréal an 10.

*Grande dispute entre l'Abbé Geoffroy
et l'Abbé de l'Epée.*

Honneur à l'*Abbé de l'Epée* ! honneur à la dédicace de l'*Abbé de l'Épée* !
honneur à *Bouilly* ! honneur à son beau-
père ! honneur, mille fois honneur à
Geoffroy ! *Bouilly*, avec son beau-
père, son *Abbé de l'Épée* et sa dédicace a fourni les matériaux ; *Geoffroy*
les a mis en œuvre. *Gloria in excelsis* à
Bouilly et *Geoffroy* !

La *dédicace de Bouilly* texte :

« Guidé par vous seul (c'est à son beau-
« père, ancien professeur de philoso-
« phie qu'il parle) guidé par vous
« seul dans le sentier des vertus et de
« la vérité, j'ai percé l'ombre qui m'en-
« vironnait de toutes parts ; je me suis
« créé une ame à la mesure de la
« vôtre. »

Feuilleton de Geoffroy, Commen-
taire :

« Le citoyen Bouilly n'a pas fait
« de grands pas *dans le sentier de la*
« *vérité* , puisqu'il n'enfante que des
« *drames romanesques* ; et il est assez
« étrange que l'auteur de *fictions très-*
« *frivoles* soit sorti de l'école d'un
« professeur de *philosophie.* » — At-
trape.

« Le succès de l'Abbé de l'Épée,
« quelque *brillant* qu'il soit, ne donne
« pas droit au citoyen Bouilly d'as-
« surer qu'il a percé *l'ombre* qui

« l'environnait de toutes parts. Des
« ouvrages de ce genre n'ont qu'un
« *éclat* passager , et rentrent bientôt
« dans l'*ombre* d'un éternel oubli. »

Je n'ai pas besoin d'observer que
cette fois l'article est de main de *maître ; l'écolier* n'en aurait su faire autant : il y a là-dedans une dégradation
de *lumière* qui ferait honneur au co-
loriste le plus parfait.

Geoffroy , qui *revient sur* Monvel
aussi souvent que *sur Zaïre*, le veut
absolument maintenir dans le bas cler-
gé , et lui défend de chausser le co-
thurne. *Ses désagrémens naturels* , dit-
il, *deviennent des avantages dans le
rôle de l'Abbé de l'Epée : ils le ren-
dent vénérable , parce qu'ils lui don-
nent un air pénitent et mortifié*. L'abbé ,
l'abbé ! vous avez une arrière pensée ,
et ce n'est pas bien.

26 germinal an 10.

En vérité je ne sais que penser de mon professeur, moi : il prend ses comparaisons tantôt dans l'ecclésiastique, tantôt dans le militaire ; un jour on le prendrait pour un bas-officier, un autre jour pour un sacristain ; hier il sonnait les cloches, aujourd'hui il bat le tambour. Il n'y a qu'un instant je l'ai laissé à confesse à la République; à présent le voilà qui fait l'exercice à feu dans le parterre du théâtre Louvois. *Etienne* et *Nanteuil*,* gare! on va *vous saluer par une décharge générale de toute l'artillerie du parterre.* Mais non, restez; Geoffroy est là qui veille pour vous : il vous couvre de son immortelle égide. Qu'avez-vous à redouter?

(*) Auteurs des *Deux Mères*.

Que pensez-vous de ces deux ombres
qui sont là, tout au milieu? demandait
une jeune dame à un curé de village
qui examinait la lune avec elle, à l'aide
d'un télescope. Moi je crois, ajouta-
t-elle, que ce sont deux amans qui
s'embrassent. Allons donc, madame,
répliqua le curé, vous ne voyez pas
que ce sont deux clochers de village.
Chacun des deux croyait voir ce que
lui représentait son imagination. Le
caporal Geoffroy, qui ne rêve plus
qu'artillerie, canons et combats ;

Stat sonipes et frena ferox spumantia mandit.

Le caporal Geoffroy, semblable à
Dom Quichotte qui prenait les mou-
lins pour des géans, et les servantes
d'auberge pour des princesses, a rêvé
que la société était un champ de ba-
taille où les hommes et les femmes for-

ment deux armées qui s'étudient, s'ob-
servent, et cherchent à se prendre en
défaut.

Moi qui croyais n'être plus obligé
de me battre, me voilà cruellement
désabusé !

Afin d'égayer ses loisirs,
Les voyages sont nécessaires;
Les affaires sont des plaisirs,
Et les plaisirs sont des affaires.

Voilà ce que fredonnait un homme
d'un certain âge, sur le boulevard
Saint-Martin, entre six et sept heures
du soir, le 15 messidor an 10, par le
plus beau tems du monde. J'accoste
le chanteur, et je reconnais... Qui ?
Geoffroy. Comment c'est vous ! dis-
je en l'abordant. Sur le boulevard à
l'heure qu'il est ? tandis qu'on donne
au théâtre de la République..... —

Tenez, mon cher, la faim, comme
on dit, fait sortir les loups du bois :
*les grands théâtres n'offrent plus rien
de nouveau : je crois, d'honneur, qu'ils
ont formé une conjuration pour prendre
mon feuilleton par famine,* et je vais
ce soir chercher ma vie au théâtre de
la rue de Bondy. — Pas possible ! —
Et d'ailleurs il y entre un peu de po-
litique : je ne suis pas fâché de faire
*quelques excursions sur les petits théâ-
tres du peuple, pour qu'on ne m'ac-
cuse pas d'aristocratie.* — C'est fort
bien fait à vous, et j'approuve vos
craintes ; mais vous auriez pu remettre
à un autre jour la visite que vous allez
faire au Chat Botté. Le Vaudeville,
par exemple... — *Il est vrai que je suis
en arrière avec lui : je n'ai pas encore pu
donner* LA CHASSE *au* MÉLÉAGRE *cham-
penois ; et les Rivaux sans le* SAVOIR
ont passé sans que j'en aie rien su ;

5

d'ailleurs, cette petite province de la république des lettres ne trouve point la constitution de l'état assez libre pour elle ; elle a voté sa réunion avec les petits cantons anarchiques soumis au mauvais goût. — Mais il me semble que l'Abbé de l'Epée...—Il avait annoncé qu'il recevrait du monde aujourd'hui, *et mon dessein était d'aller voir comment il se porte depuis qu'il a quitté Toulouse pour aller à Bordeaux.* — *Hé bien ?* — *Une indisposition subite lui est survenue : il n'est pas visible.* Je me suis fait écrire ; et j'allais rentrer chez moi quand je me suis ressouvenu du Chat Botté ; et, *quelque différence qu'il y ait entre ses miracles et ceux de l'Abbé de l'Epée,* j'ai pensé que je ne perdrais pas au change. Et voilà, monsieur, ce qui me procure l'avantage de vous rencontrer.

Tout en causant, nous arrivâmes à

la porte de l'homme d'affaires du *marquis de Carabas ;* et dans l'espoir de récueillir quelques jolies choses de ma conversation avec mon compagnon de voyage, je me décidai à entrer avec lui. Or, vous allez voir si j'eus à me repentir de ma curiosité.

Pour régaler son nouvel hôte, grand amateur de musique, comme chacun sait, arlequin Carabas lui fait d'abord administrer un concert. — Comment le trouvez-vous? — Merveilleux, excepté la musique et la voix. — Petit malin! Jaloux de captiver le suffrage du censeur, arlequin opère métamorphoses sur métamorphoses. Cela ne m'amusait pas infiniment, et j'attendais qu'une agréable saillie du professeur m'empêchât de me livrer tout à fait au sommeil, lorsque se penchant vers moi. Vous voyez bien, me dit-il, *le Chat Botté* ressemble comme deux gouttes d'eau à *l'Illiade*.... — A peu près comme *Cuvelier* à *Homère* , lui dis-je en éclatant de rire. — Je ne plaisante point : l'un et l'autre ont fait des contes *remplis d'un merveilleux souvent populaire et grossier. D'ailleurs , lisez Euripide , vous y verrez Hercule qui dresse une embuscade à la mort : ouvrez Sophocle , vous y verrez Minerve qui fascine les yeux d'Ajax , au point de lui faire prendre des....* moutons pour des hommes ; qui rend *Ulysse invisible...* Oh ! pour le coup, lui dis-je en éclatant de rie :

Je ne m'attendais guère
A voir Ulysse en cette affaire.

Il fut piqué de la réflexion, et de la soirée il ne me dit un mot agréable : toutefois il me donna rendez-vous à quelque tems de là dans les mêmes parages, et vous verrez qu'il me tint parole.

30 pluviôse an 10.

Le Mariage de Nina-Vernon.

Vous savez tous comme quoi cette pauvre *Nina-Vernon* fut sifflée le premier jour qu'elle parut, présentée par *Dieulafoi*. Vous n'ignorez pas non plus quel accueil flatteur on lui fit le lendemain.

« Accueillie le premier jour comme « une *vieille fille*, dit Geoffroy, au- « jourd'hui Nina-Vernon est une *jeune* « *beauté*. » Il la traite assez rudement cependant, et prétend qu'il n'y a pas grand mérite à présenter aux spectateurs *un réchauffé des mets qu'on leur sert tous les jours :* ce que je pense comme lui, mais ce que je n'aurais pas exprimé d'une manière aussi peu *ap-*

5 *

pétissante. Dans le cours de la pièce, Dorval retire des mains de Nina une promesse de mariage que Desroches lui avait faite, et la donne à Desroches, qui est caché près de là. « Pou- « vez-vous, dit Nina en le remettant, « me reprocher ce billet? Je vous le « *passe*, dit Dorval en le donnant à « Desroches. » A cela, Geoffroy ajoute que personne ne *passera* cette pointe aux auteurs. O force de l'habitude! il critique un calembourg en en faisant un lui-même. On vous *passe* celui-là, M. Geoffroy; on vous en a *passé* et on vous en *passera* encore; mais *passez* ceux des autres.

28 messidor an 10.

On a souvent reproché à Rollin les réflexions éternelles qu'il se permet en écrivant l'histoire, et les peines qu'il se donne pour interpréter les faits : on

a eu raison de lui faire ce reproche.
Par amour-propre, le lecteur aime
qu'on lui laisse quelque chose à devi-
ner : aussi chacun doit-il savoir gré à
Geoffroy de n'avoir fait qu'ébaucher
le calembourg suivant. On donnait à
l'Opéra le ballet de Pâris, Ninette,
et les Prétendus. Geoffroy dit : *L'O-*
péra était ce jour-là un spectacle riant
et voluptueux : Gardel nous avait
servi les plus beaux fruits de son art.
Je cherchais le rapport qu'il y avait
entre un danseur et un maître-d'hôtel,
un ballet et une pomme, lorsque je
me suis souvenu que Gardel est auteur de *Pâris*, que dans *Pâris* le rôle
le plus important est celui de la pomme,
et je me suis dit : voilà ce beau fruit
dont Gardel a régalé notre ami.....
Mais sera-t-il content que je l'aie si
bien deviné?

Je ne vous répéterai pas les jolies

choses que le critique, dans le même
feuilleton, dit sur l'Abbé de l'Epée et
Monvel, son représentant officiel; car
en vérité, je crois que le savant professeur n'a fait que se copier lui-même :
ce que j'attribue à la paresse, moins
qu'à la stérilité d'imagination.

GRANDE VILLE.

4 pluviôse an 10.

Ma revanche. — Mais vous avez
déjà perdu trois parties. — Hé bien !
quitte ou double. — Ça va. — Rafle
de six.... — C'est inconcevable ! *perdre
un acte et la moitié de son titre, et ga-
gner la partie ! je m'y perds !* — Comment le trouvez-vous ce coup-là ? —
Ce sont de ces choses qu'on ne voit
que dans *la Grande Ville*, mon cher
Picard; et *si c'est par votre adresse
que vous avez opéré ce revirement de
partie, vous êtes un homme d'état digne*

d'un plus illustre théâtre que celui de Louvois, et... — Vous voyez donc que j'ai eu raison de ne me pas tenir pour battu la première, ni la seconde, ni la troisième fois. — Ma foi, *ce moyen de rajeunir un poëme dramatique en lui coupant la queue est d'une invention très-heureuse.* — Vous trouvez ? — Parlons sérieusement. Si.... — Sérieusement, non pas, mon cher professeur : je vous aime vingt fois mieux avec les grelots de Momus qu'avec le bonnet de docteur ; et si vous n'avez rien de plus gai à nous dire là-dessus, taisez-vous. — Mais aussi dans votre pièce, jusqu'à la fin du second acte, point d'action, point de marche : le *vide* est *rempli* par une lanterne magique, dont...... — A la bonne heure ; je vous reconnais : un *vide rempli*, le mot est *heureux !* — *Les vôtres sont bien plus heureux, puis=*

qu'ils sont applaudis du parterre. (1) —
Toujours de l'esprit, M. Desmazure!
mais gardez-en pour demain, je ne
veux pas vous épuiser aujourd'hui.

7 nivôse an 10.

Lugete, Veneres, Cupidines que.

Voilà Geoffroy malade. Il est *tombé*
avec *Alhamar :* à peine lui est-il resté assez
de force pour rendre compte de la chûte
de cette malheureuse tragédie. Peut-
être à l'heure que je vous parle, il
est déjà mort : mais non ; un dieu
veille sur des jours aussi précieux ; et,
tandis que son compagnon d'infortune
reste plongé dans la nuit du tombeau,
le voilà qui ressuscite. *Morte surrexit*
hodiè. Alleluia ! Tant mieux pour lui,

(1) Je le crois bien, on lui a poussé l'épée
dans les reins. (*Note de l'éditeur.*)

car il faisait pendant sa maladie d'assez mauvais rêve : mais enfin réjouissons-nous ; le voilà rentré dans la carrière tout à propos pour voir la belle *Inès :* je dis belle , comme cela; la jeune personne est un peu maigre : *c'est un squelette très-bien proportionnée , mais revêtu d'une assez médiocre carnation.* Lamotte, son père , n'a pas eu le talent de lui en faire une plus belle. Vive Voltaire, par exemple ! il ne fait que *des* BAMBOCHES , *mais il leur donne de beaux habits.* Quel dommage pourtant que l'illustre professeur n'eût pas survécu à sa chûte ! nous n'aurions pas su que *Zaïre* et *la Mère Gigogne, Mahomet* et *Polichinelle* sont tout un , et nous eussions eu la bonhomie d'applaudir encore quelquefois *les bamboches* de Voltaire.

4 fructidor an 9.

LES MYSTÈRES D'ISIS.

Aimez-vous le mystère ? il en a mis partout.

« Ces *Mystères*, annoncés depuis si
« long-tems, sont enfin *dévoilés et ac-*
« *complis.* Le sort de chaque pièce
« nouvelle est un *mystère;* mais il y
« avait dans la destinée de cet opéra
« quelque chose de plus *mystérieux* que
« dans toûte autre : ce chef-d'œuvre de
« musique excitait l'admiration de l'Al-
« lemagne ; mais c'était encore un *mys-*
« *tère pour la France. La Flûte Enchantée*
« était un ouvrage *enchanteur* qui n'en-
« *chantait* que les étrangers; la nation
« française n'était point initiée à cet *en-*
« *chantement.* (Quel style enchan-.
« teur !) Mozart lui-même était un
« musicien *mystérieux....* Qu'on juge

« de l'importance que devait avoir chez
« nous un compositeur dont les pen-
« sées étaient des *mystères* ; qu'on
« juge..... » Halte là , M. Geoffroy :
j'aime le *mystère* comme un autre ,
et j'en atteste mesdames telles et telles;
mais je ne veux pas que vous mettiez
tant de *mystères* pour dire que Mozart
défunt , *le moule de ses chefs-d'œuvres
est brisé.* Un moule à chefs-d'œuvres !
il est drôle celui-là ! il ne pouvait sortir
que d'un *moule à calembourgs.*

22 vendémiaire an II.

Et *Alzire* donc qui n'est autre chose
qu'un *moule* à déclamation ! *moule* à
chef-d'œuvre ! *moule* à déclamation !
tout cela est fort joliment *moulé !* Mais,
entre nous, je vous conseille de n'en
plus jeter dans ce *moule-là.*

6

6 vendémiaire an II.

L'espiègle ! il ne nous avait pas pré-
venu qu'il allait en vacance. Nous
avons appris en même-tems le départ
et le retour : sans doute l'absence n'a
pas été longue , car on ne s'en est pas
aperçu. Quoi qu'il en soit , il est re-
venu , dit-il , assez tôt pour savoir que
le portrait de Cervantes a toujours un
succès *fou ;* mais cela ne l'étonne pas,
c'est le succès que doit avoir une pièce
aussi *folle.* Quelle idée *sage !* et comme
cela est bien dit ! Bravo , l'abbé ! bravo
mon ami ! bien débuté ! parfaitement
bien ; toujours spirituel dans vos sail-
lies ! toujours heureux dans vos expressions ! toujours aimable dans vos plaisanteries , toujours *piquant* dans vos
pointes ! votre voyage ne vous a point
émoussé l'esprit.

14 vendémiaire an 11.

C'est bien heureux qu'il ait tombé
de l'eau ce jour-là. — Quel jour? —
Le 12 vendémiaire. — Et pourquoi?
— C'est que Geoffroy se serait ache-
miné tranquillement vers le Vaudeville, n'y serait arrivé qu'à l'instant
où on aurait levé la toile pour la première représentation d'*Attendre et Courir*, et qu'alors il aurait perdu l'occasion de dire qu'il avait *couru* au Vaudeville, parce que la pluie l'avait
surpris en chemin, et qu'il avait *attendu*, parce qu'il était arrivé de très-
bonne heure ; que sa *course* et son
attente ont été payées de quelques
préceptes sur l'éducation, etc. Or,
vous concevez que s'il avait fait beau
tems le 12 vendémiaire, c'était une
bonne fortune de perdue pour lui et

pour nous : or , j'ai eu raison de dire
que jamais pluie ne vint plus à propos.... Mais que dis-je ? on n'eût peut-
être jamais autant de raisons de la mau-
dire : le critique , fatigué d'avoir
couru , ennuyé d'avoir *attendu* , n'avait
plus la force de *courir* , comme à son
ordinaire , après l'esprit ; il a donc
attendu qu'il vînt : trompé dans son
attente , il a essayé de la *course;*
mais la *course* n'ayant rien produit de
plus que l'*attente* , il n'a pas eu de la
soirée un instant d'amabilité. C'est
vraisemblablement à l'humeur qu'il res-
sentait de l'inutilité de sa *course* et
de son *attente* qu'il faut attribuer les
épigrammes dont il gratifia un auteur qui comparait les spectateurs à
des *fleurs* , et les acteurs à des *papillons :* autrement une comparaison aussi
fleurie aurait-elle pu déplaire à un
homme qui compare les billets gratis

à des galériens, le théâtre Français à une cuisine, Philoctète à dom Quichotte, Mahomet à Polichinelle, etc. Peut-être aussi veut-il se réserver exclusivement le chapitre des comparaisons, et alors il y aurait de sa part ici moins de mauvaise humeur que de calcul. Je le croirais.

13 vendémiaire an II.

Allons, il n'y a rien à dire ; il est de parole : il m'avait donné rendez-vous sur les rivages du *Pérou*, et le voilà qui débarque avec *Pizarre*. Une ardeur guerrière l'anime : Nous venons, me dit-il, soumettre l'empire des Incas. — Mais vous aurez quelques combats à essuyer. Audinot et Nicolet ont fait connaître avant vous leur prétention sur le nouveau monde, et je crains bien... — « Audinot et Nicolet, leurs « frontières sont menacées par un en-

6

« nemi redoutable. Pizarre va peut-
« être ajouter à la conquête de l'em-
« pire des Incas celle de l'Ambigu-
« Comique et de la Gaîté ; et ce
« triomphe sera pour lui le *pérou*. »
Voyez combien cette expression, re-
frain perpétuel de la canaille, s'en-
noblit prononcée par Geoffroy! Elle
eût dégradé le style de tout autre : elle
reçoit de l'éclat en paraissant dans le
feuilleton : et voilà pourtant le privilège des gens d'esprit! Qu'un ignorant,
par exemple, un homme sans goût
eût dit que, dans un mélodrame, *la
musique est un valet de chambre chargé
d'annoncer les acteurs*, on aurait ri de
l'impertinence de l'expression. Geoffroy l'a hasardée; et déjà l'on ne parle
que des *valets de chambre* de *Pizarre*,
de *Salomon*, du *Petit Poucet*, de *Cœlina*,
du *Pélerin Blanc*, etc. Désormais nul
mélodrame ne se présentera sans son

valet de chambre, et comme bien des maîtres idiots, il devra son succès à son *valet de chambre*. O privilège des gens d'esprit!

6 prairial an 10.

Tout à l'heure le triomphe de Pizarre sur l'Ambigu était le *pérou* : maintenant la salle de Feydeau, où l'on donne les *Deux Hermites*, ressemble à un *hermitage*, tant elle est déserte. Il est joli, mais il était facile à trouver.

14 thermidor an 10.

Où diable mon esprit prend-il ses gentillesses ?

Relisons :

LE TRÉSOR SUPPOSÉ. — STRATONICE.

« Le *citoyen* Hoffmann faisait à lui « seul ce jour-là tous les frais du spec-« tacle. Après Marsollier, c'est le plus

« riche *capitaliste* du théâtre : c'est lui
« qui a placé les plus *gros fonds* dans
« cette *banque* dramatique. Ses *effets*
« sont un *trésor* pour l'Opéra-Comique,
« et l'Opéra-Comique est un *trésor* pour
« lui. Ce ne sont pas là, comme on
« voit, des *Trésors Supposés.* »

Puis, se frottant les mains, il dit :
continuons. Et il continua :...

Le malade (il s'agit d'Antiochus
dans Stratonice) le malade fait sa partie dans un trio.... Voyons ; ma figure
favorite ici ; une comparaison.... Fait
sa partie.... fait sa partie. Et parbleu !
m'y voilà .... aussi vigoureusement
qu'un chantre de paroisse qui a bien
déjeûné.... Assez d'esprit pour un article ; seulement une gentillesse pour
la fin, et disons à Hoffmann que toutes
les *folies* ne sont pas heureuses, et que
la *folie-Hoffmann* n'a pas eu autant de

succès que la *folie - Bouilly* , quoique l'une ne vaille guère mieux que
l'autre.

— Et la *folie-Dieulafoi* , qui a toujours eu un succès *fou* , pourquoi donc
l'oublier ? Mais je crois vous comprendre , et ce n'est pas sans raison que
vous donnez la préférence à la *folie-*
Bouilly : c'est qu'elle n'est pas si longue
que les deux autres ; et vous avez
pensé , avec tout le monde , que les
plus courtes *folies* sont les meilleures,
n'est-ce pas ?

8 brumaire an II.

Certes , il faut avoir un fonds inta-
rissable de gaîté , et une habileté ex-
quise pour trouver dans une pièce
aussi atroce que *Gabrielle de Vergy*, une
source aussi féconde de plaisanteries.
Vous me direz que le pathétique est
voisin du ridicule : j'en conviens ; mais

il n'appartenait qu'à Geoffroy de badiner aussi légèrement sur le *Cadeau galant* que veut faire Coucy à Gabrielle. D'abord, il prétend que ce cadeau (il s'agit du cœur du chevalier) n'aurait pu arriver *bien frais* à sa destination, à moins que l'écuyer n'eût été fort habile dans l'art des embaumemens, et que, dans cette supposition-là même, ledit cadeau était bien plus dans le cas de faire *vomir* que de *flatter* une amante affligée. Mais le pauvre Monlac, ajoute-t-il, n'a pas eu la consolation *d'ouvrir la poitrine de son maître, pour en tirer cette preuve d'amour.* Quelle image gracieuse! Pourtant, en fait de *cœur*, je préfère celui de Geoffroy faisant sa partie dans un *chœur* de *te deum* chanté le jour de Pâques au *chœur* Notre-Dame ; et, sur ma foi, il faut avoir bien du *cœur* pour *tirer* de la *poitrine* de Coucy d'aussi délicates plaisanteries, qui sont bien plus dans le cas de faire *vomir* que d'être retenues par *cœur*.

Après la tragédie, la petite pièce, les *Originaux* de Fagan. Lamotte-Houdard débuta par une pièce qui portait le même titre : elle fut sifflée : il alla s'enterrer à la Trappe, et, selon Geoffroy, il fut alors bien plus *original* que ses *Originaux*.

Celui-là n'est pas bien *original*, et si vous n'avez rien de mieux à dire, marchons.

17 brumaire an II.

C'est une bonne chose qu'un pâté d'anguilles ! très-bonne chose sur ma foi ! et cependant le bon La Fontaine nous a prouvé que, servi tous les jours, un pâté d'anguilles dégoûtait bientôt le plus intrépide gourmet. —Mais à quel propos..... — M'y voici. Les compa-

raisons de Geoffroy sont remplies de
sel attique, mais toujours, ou presque
toujours puisées à la même source.
Elles perdent beaucoup trop de leur sel;
je suis obligé d'en convenir : par exemple, après avoir dit, d'une manière aussi
neuve qu'élégante, que *l'Opéra-Comique,
fier d'avoir chassé les journalistes de ses
états, a vu ses lauriers changés en cy-
près*, pourquoi ajouter : « Pendant qu'il
« *excommuniait* ses ennemis, une de
« ses actrices les plus fêtées renonçait
« elle-même à sa *communion*. Cette
« agréable *schismatique* va porter ses
« roulades dans *l'église grecque*, etc. Ce
n'est pas que l'antithèse ne soit très-
jolie ; mais elle vous ramène involon-
tairement aux *antiennes* d'Helvétius,
aux *pénitences* de Monvel, et aux
actes de contrition de la Coquette
Corrigée. Savez - vous bien , mon
cher Geoffroy , que de pareilles com-

paraisons, souvent répétées, vous fe-
raient prendre pour un abbé, n'était
la réputation de galanterie que les abbés avaient acquise à si juste titre, et
qu'ils auraient craint de perdre en disant que «madame Dugazon est un
« monument *respectable* que le tems
« n'a pas *respecté*. » Voilà pourtant ce
que vous avez dit, vous, Geoffroy,
qui donnez à tout le monde des leçons
de civilité. N'ayant pu critiquer le talent de madame Dugazon, vous lui
reprochez ses quarante-cinq ans : cela
n'est pas joli. Que vous plaisantiez
Monvel sur le vice de sa prononciation,
à la bonne heure ; vous avez de quoi
mordre, il ne vous *montrera pas les*
dents. Que vous badiniez avec grâce sur
les rides du vieux Molé, vous avez encore raison ; c'est un défaut qu'il ferait
oublier à tout le monde, si vous ne nous
y faisiez pas faire attention. D'ail-

7.

leurs *Monvel* et *Molé* sont des hommes,
et vous pouvez les insulter sans conséquence, mais sacrifier une femme, que
vous avouez *respectable*, au plaisir de
dire un bon mot, c'est être bien moins
respectueux encore que le tems qui ne
l'a pas *respectée*. Ah! vous n'êtes pas plus
galant que cela, petit libertin! je le dirai à mademoiselle Volnais,... parce
qu'enfin cette jeune fleur se fanera
comme les autres, et elle doit craindre
les papillons de votre espèce.

19 nivôse an 10

Lisez, et vous n'en serez pas *fâché*.
— Voyons : « Je n'ai point vu *se fâche-*
« *ra-t-il*. Le Vaudeville *se fâchera-t-il*
« de mon silence? J'en serais *fâché* ;
« mais quand le théâtre Français m'ap-
« pelle, le Vaudeville doit attendre. »
— Ma foi, c'est *fâcheux*, car vous étiez
en train de dire de si jolies choses ! Au

(93)

surplus , laissons-le *se fâcher* contre *la Mère Coupable*; une espèce de *Madeleine* qui *pleure un péché* dont tout le monde *rit*, et qui veut en faire *pénitence*. Aussi bien mes lecteurs *se fâcheraient* si je les obligeais de suivre toujours les mêmes comparaisons, et j'en serais *fâché*.

14 ventôse an 10.

LE RETOUR DE ZÉPHIRE.

C'était un évènement si extraordinaire que le retour de *Zéphire* dans le mois de *ventôse*, que tout Paris avait couru en foule à l'Opéra pour jouir de ce phénomène. Geoffroy, qui n'a plus ses jambes de quinze ans, a voulu courir au-devant; mais il s'est dérobé à *ses empressemens. Il m'eût fallu*, dit-il, *des ailes aussi légères que les siennes pour devancer la foule des curieux qui volaient à sa rencontre.* Le pis aller du

critique a donc été Mahomet; je dirais bien qu'il n'a pas été fâché du
contre-tems; je dirais bien aussi pourquoi : mais il faut de la charité.

24 ventôse an 10.

Ce jour-là, sans doute, la cour de
Zéphire était moins nombreuse, et la
dévotion de ses adorateurs moins fer-
vente, puisque Geoffroy s'est introduit
sans peine dans le temple de cette
agréable divinité. Il a trouvé les déco-
rations d'une *grande fraîcheur*, et au
lever du rideau, il a senti un vent plus
que *frais*, et qui tenait plus de l'*aquilon* que du *Zéphire*. Ce qui me porte à
le croire, c'est que le feuilleton de ce
jour-là est tout à fait à la glace.

Du 10 ventôse an 10.

Comment! pas un calembourg! et je

suis à la fin de la sixième et dernière colonne! Le sujet prête cependant : *l'Anti-*
chambre, ou *les Valets à la Porte.* Voyons
les deux dernières lignes... A la bonne
heure! On a raison de dire : *Qui perse-*
veraverit usquè in finem, hic salvus
erit. « Peu s'en est fallu que la pièce et
« l'auteur ne fussent éconduits, d'au-
« tant plus aisément, qu'il n'y a pas loin
« de *l'antichambre* à *la porte.* C'est vrai,
mais l'on *n'éconduit* pas son monde
aussi brusquement.

28 nivôse an 10.

« Lorsqu'une faveur extraordinaire
« a placé mademoiselle Bourgoing hors
« du domaine de l'indulgence, (c'est
« Geoffroy qui parle) sans rien chan-
« ger à mes premières observations,
« je leur ai donné un tour plus sévère;
« j'ai laissé apercevoir la *pointe* de la

7

« critique, que j'avais cachée sous des
« *fleurs.* »

*La pointe de la critique! Habemus
confitentem reum.* Ah! vous critiquez
avec des *pointes*, M. l'abbé! Je prends
acte de votre aveu, pour justifier d'autant le titre de cet opuscule. Vous ajou-
tez, il est vrai, qu'ordinairement vos
pointes se cachent sous des *fleurs;* ce
qui n'est pas excessivement modeste :
mais je vous le passe, un peu d'amour-
propre sied aux hommes à talent.
Néanmoins, quand vous répondez aux
attaques du vieux Palissot en disant
avec votre esprit accoutumé : « Je vais
« répondre au calomniateur de ma-
« nière à lui apprendre à *vivre,* quoi-
« qu'il soit assez triste de donner une
« pareille leçon à un homme qui a déjà
« tant *vécu,* » vous aurez de la peine à
persuader que la *pointe* est cachée sous

des *fleurs*, à moins que ce ne soit sous des roses qui sont toujours entourées d'épines. Courage, M. Geoffroy! courage ! *poussez* toujours gaîment votre *pointe* envers et contre tous :

Sic itur ad astra.

25 nivôse.

Grand combat entre le parterre et les acteurs du théâtre Louvois, *grande victoire* remportée par le parterre, *Grande Ville* prise d'assaut, *grande défaite* de la garnison, etc.

« J'ai trouvé les barrières de la
« Grande Ville ouvertes ; (c'est le jour-
« naliste qui raconte) je suis entré.
« Le premier acte a été fort applaudi ;
« le second même a passé heureuse-
« ment : vers la fin pourtant un sifflet
« s'est fait entendre, on l'a *étouffé* sur-

« le-champ. Au troisième, les sifflets
« sont devenus plus fréquens et plus
« hardis ; mais les applaudissemens
« conservaient la supériorité. Le qua-
« trième a fait perdre beaucoup de ter-
« tein aux amis, et redoubler l'audace
« des mécontens. Le cinquième a to-
« talement changé la face des affaires :
« les instrumens à *vent* ont commencé
« à dominer dans le concert : les mains
« étaient lasses d'applaudir ; les sif-
« fleurs , long-tems dans l'inaction ,
« étaient des troupes fraîches. Voilà
« l'histoire du combat : essayons de
« découvrir les causes qui ont fait per-
« dre la bataille à un général favorisé
« par la victoire. Ses talens suffisent
« pour couvrir cet échec , dont s'ho-
« norerait un guerrier ordinaire ; mais
« il importe à Picard de ne pas se
« tromper sur les fautes qu'il a com-
« mises dans cette campagne : il est

« assez grand capitaine pour savoir en
« profiter. »

Mettez à la place de *Picard l'ar-
chiduc*, *Lille* à la place de la *Grande
Ville*, à la place du public et des acteurs la garnison française et les Au-
trichiens assaillans, et le récit de Geoffroy pourra servir tout aussi bien, et
même servir mieux au siège de *Lille*
qu'au siège de la *Grande Ville*. Je suis
fâché seulement que *les instrumens à
vent*, *qui dominent dans le concert*,
dérangent un peu la merveilleuse *harmonie* de cette sublime narration ;
mais il n'est pas donné à l'homme
d'être parfait : et d'ailleurs,

*Ubi plura nitent in carmine, non ego paucis
Offendar maculis.* . . . .

11 vendémiaire an 10.

LES ÉVÈNEMENS IMPRÉVUS.

« C'est une chose bien étrange que
« la chûte presque simultanée de deux
« grands théâtres de musique, dans un
« tems où le goût de la musique est
« devenu dominant. *Ces Evènemens
« Imprévus* sont une nouvelle preuve
« des dangers de l'anarchie.... » Hé
bien! malgré toutes les *preuves* que
j'ai acquises jusqu'ici de votre talent,
je n'avais pas *prévu* celui-là.

Je voudrais bien laisser mes lecteurs
sur la bonne bouche, et leur cacher
certaines expressions qui.... mais je
suis esclave de ma parole, et partout
où vous avez fourré de l'esprit, même
aux dépens de la décence et du bon
goût, je dois le révéler: il faut donc que
l'on sache que vous avez imprimé : *La*

superbe Colombe étale quelquefois aux premières loges des restes de beauté admirés des curieux, comme les ruines de *Palmyre*. Comparer une femme sur le retour aux *ruines de Palmyre!* quelle galante érudition, et comme cela est bien trouvé! Ah! mon cher professeur, si les jolies femmes n'ont pas plus d'indulgence que vous pour *les vieux monumens qui menacent ruine*, qu'allez-vous devenir?

I pluviôse an 10.

L'imprudent! il a osé attaquer l'érudit professeur! mais comme il a été payé de sa témérité! Il a voulu donner à l'empereur Adrien une réputation de bravoure, tandis que Geoffroy le proclame un des premiers poltrons de l'univers. Qui a raison du docteur Hoffmann ou du professeur Geoffroy?

Non nostrum tantas componere lites.

Et d'ailleurs je m'en moque. Au surplus, si *Hoffmann* persiste encore dans son entêtement, ce n'est pas la faute de Geoffroy, qui donne, dans le feuilleton que j'ai sous les yeux,

« Une *petite* leçon à ce *grand* docteur. » Le jeu de mots y est bien, mais il y aurait été de même, et bien plus exact, s'il avait dit *grande* leçon au *petit* docteur Hoffmann, attendu que sa *petite* leçon occupe presque tout le feuilleton, et qu'à en juger par les préceptes y renfermés, Hoffmann n'est rien moins qu'un *grand* docteur.

« Hoffmann *triomphe*, dit-il, comme
« son héros Adrien, sans avoir *vaincu*.
« Il me traîne enchaîné à son *char*, et
« ce char est une petite brochure où le
« faux bel esprit se marie à une fausse
« érudition. »

La chûte en est jolie, amoureuse, admirable.

Mais pourtant, il faut que j'en convienne, je m'attendais à quelque chose de mieux, et de bonne foi ce n'était guère la peine de *monter* aussi majestueusement sur un *char* pour faire une pareille *chûte*. Mais à présent, le char n'est plus une brochure, *c'est un château de cartes sur lequel il va souffler*. Vous pensez bien qu'il le renverse. Bientôt de son *triomphe* et le trompette et le héros, Geoffroy termine par signifier à Hoffmann, d'un air *triomphant*, qu'Adrien n'a jamais *triomphé* qu'à l'Opéra ; et que le *triomphe* de sa brochure, à lui Hoffmann, est déjà fini. Malgré ces raisons *triomphantes*, je suis de l'avis du professeur, je trouve la leçon *petite*, sans trouver Hoffmann plus *grand docteur* pour cela.

8

18 ventôse.

Voulez-vous faire l'emplette d'un écrin ? Allons à Feydeau ; il étale aujourd'hui ses *bijoux*. — Et quels sont ces *bijoux-là ?* — Martin et Elleviou. — Effectivement, ce sont deux jolis *bijoux*, et qui font sur l'affiche un effet *éclatant*. « Ce sont des espèces de « trompettes qui servent à rassembler « la foule. » — Pour la première comparaison, passe ; mais je crains bien que la seconde ne leur déplaise. *Des trompettes qui servent à rassembler la foule !* Savez-vous que c'est précisément là le rôle du paillasse qui *rassemble la foule* auprès du marchand de vulnéraires suisses.

8 thermidor an 10.

« Je ne crains pas le scandale, moi ; « vous n'avez pas affaire à un abbé. » Voilà mot pour mot ce que dit Tur-

caret à son infidelle maîtresse en lui
cassant ses glaces, et ce que rapporte
aussi mot pour mot Geoffroy dans le
feuilleton de ce jour. Faites un calembourg là-dessus; je vous en défie. Convenez donc qu'il y a du mérite à avoir
amené le suivant d'une manière aussi
naturelle. « Il paraît que les maîtresses
« des *abbés*, grâce aux mesures que
« de tels amans étaient obligés de gar-
« der avec le public, avaient le pri-
« vilège de pouvoir être infidelles sans
« qu'on cassât leurs glaces et leurs
« porcelaines. Avec cela, leur con-
« dition devait être un excellent *béné-*
« *fice.* » Je n'ai pas besoin de vous
dire que ce *bénéfice* appartient à l'*abbé*
Geoffroy, pour vous en faire sentir
tout le *prix*.

28 germinal an 10.

CONCERT A L'OPÉRA.

Ce n'est pas que je me méfie de votre mémoire, mes chers lecteurs; oh! je ne m'en méfie pas du tout, mais je suis bien aise de rapprocher quelquefois mes observations antérieures de mes observations présentes, pour vous mettre en même tems sous les yeux les allégories disséminées dans le cours de cet important ouvrage, et qui ont entre elles quelque rapport. Par exemple, je veux vous rappeler aujourd'hui que Geoffroy a comparé jadis le théâtre de Louvois à une *église*, celui de la République à un *confessionnal*, celui de Feydeau à un *magasin*, pour que vous ne soyez pas surpris de le voir comparer aujourd'hui l'Opéra à un *café*. Je m'explique : le professeur

se plaint de la longueur du concert ,
et il observe à ce sujet « que le plai-
« sir de la musique est un plaisir si
« vif , qu'on ne doit pas trop le pro-
« longer. C'est , ajoute-t-il , une *li-*
« *queur précieuse* qu'il faut servir dans
« de *petits verres.* » Un *petit verre* de
musique ! Je ne connais rien de com-
parable , si ce n'est *la manne des ap-*
plaudissemens : vous vous rappelez.
Mais toutes réflexions faites , je suis
pour le *petit verre* , surtout quand il
est servi par Grétry , Méhul , Lesueur
ou Chérubini.

10 messidor an 10.

Je veux une fois, en passant , vous
montrer que si Geoffroy est souvent
le rival , que dis-je ? le vainqueur de
l'illustre *de Bièvre* , il est aussi quelquefois la doublure de Céladon , lorsqu'il dit , par exemple, « que , quand

8 *

« mademoiselle Volnais ne ferait que
« se montrer sans rien dire , ce se-
« rait toujours un avantage pour elle:
« avec seize ans , de beaux yeux , et
« une figure intéressante , paraître est
« un succès. » Hem ! comme cela est
bien troussé , et comme mademoiselle
Volnais est heureuse d'être jolie ! Il paraît , au surplus , que le professeur fait
plus de cas de la figure que du talent ,
puisqu'avec tout le sien madame Dugazon n'a pu trouver grâce devant
lui , pour être un peu plus que ma-
jeure , et que les *beaux yeux* de
mademoiselle Volnais *aveuglent* le bon
homme sur les défauts que tout le monde,
excepté lui, remarque chez elle.

Un bandeau couvre les yeux
Du dieu qui rend amoureux.

Vous me reprocherez peut-être de
m'*attacher* aussi souvent à l'objet des
tendres soupirs du galant professeur ;

mais pourquoi s'y *attache-t-il* autant
lui-même ?

30 messidor an 10.

THÉATRE DU VAUDEVILLE.

L'Un pour l'Autre.

« Les titres ne sont point indifférens,
« surtout au Vaudeville ; ce sont des
« sources de jeux de mots et d'épi-
« grammes.... » (Pour les auteurs , ou
pour vous ?) « *L'Un pour l'Autre* a
« fourni la pointe du couplet d'an-
« nonce et les couplets du vaudeville.
« Quand il y a du mauvais et du bon
« dans un ouvrage, le public passe *l'un*
« *pour l'autre*; mais quand il y a
« des défauts dans la pièce, et de l'in-
« dulgence dans le public, comment
« prendre *l'un pour l'autre ?* » Cela n'est
pas aisé, j'en conviens; mais tout
homme est sujet à l'erreur, et vous-
même, qui n'avez des yeux que

pour mademoiselle Volnais , adres-
sez aujourd'hui des choses si flatteuses
à madame Henry , que vous avez
assurément pris *l'une pour l'autre :* non
pas que, pour mon compte , je préfère mademoiselle Volnais à madame
Henry ; je les trouve fort jolies *l'une
et l'autre* : mais il me semble que vous
aviez de fortes raisons, vous , pour ne
pas traiter *l'une* aussi bien que *l'autre,*
attendu que cette espèce d'infidélité
vous mettait dans le cas de perdre les
bonnes grâces de *l'une,* sans être sûr
de celles de *l'autre* Il faut ménager
ses bonnes fortunes, M. l'Abbé : à votre
âge on n'a plus le droit de faire le
papillon, et il pourrait se faire qu'en
faisant votre cour à *l'une et à l'autre ,*
vous vous fissiez moquer de *l'une* et de
l'autre.

1 brumaire an 1C.

LE TONNERRE.

Est-ce qu'une *préface* et un *orémus* sont la même chose? — Pourquoi? — C'est que je lis dans le feuilleton du jour, consacré au *Tonnerre*, qu'un couplet d'annonce est la *préface* d'un vaudeville. Vient ensuite ledit couplet, dans lequel on prie le public de ne pas faire *tomber le Tonnerre*; et le rédacteur ajoute : « Ce dévot *orémus* « n'a pas empêché *le Tonnerre de tom-* « *ber*. » Voilà ce qui fait que je demandais si l'*orémus* et la *préface* étaient une même chose. Je le présume; autrement l'abbé Geoffroy n'aurait pas risqué les deux expressions : mais ce qu'il y a de véritablement admirable, c'est la fin de sa narration. « Le dé-« nouement est le véritable *coup de*

« *tonnerre* qui a *foudroyé* la pièce : *un*
« *orage* épouvantable de huées et de
« sifflets a *crevé* de toutes parts. Mais
« à ce théâtre ce sont des *nuages* qui
« passent : le lendemain, la pièce re-
« paraît *sous un ciel plus serein*, et
« c'est là qu'après *l'orage* vient *le beau*
« *tems*. »

Ma foi, cela vaut la tempête du premier livre de l'Enéide, si cela ne vaut
mieux.

28 pluviôse.

« Encore des *tuteurs* et toujours des
« *tuteurs !* s'écrie Geoffroy. Il faudrait
« mettre les poëtes en *tutelle*, pour les
« empêcher de nous offrir ces person-
« nages chimériques. »

Ce serait bien plutôt vous, mon cher
professeur, qui auriez besoin d'y être
mis en *tutelle*, afin qu'un *bon avis de
parens* vous interdît à l'avenir cette

rage de faire des calembourgs partout
et sur tout ; rage qui finira par vous
perdre, si vous n'y prenez garde.

23 thermidor.

Les Français, Feydeau, l'Opéra,
Louvois ont chacun reçu leur déno-
mination. Le Vaudeville restait seul ;
Geoffroy l'avait oublié : mais il y revient, et le Vaudeville est, selon lui,
la première boutique de *glacier* de la
capitale. O vous tous, qui cherchez à
vous dérober aux ardeurs de la cani-
cule, acccourez au *Vaudeville*, et si
vous avez le bonheur de tomber aussi
bien que Geoffroy, et qu'on vous *serve*
les mêmes pièces qu'à lui, vous aurez
fait une excellente spéculation : *Garchi
n'a point de meilleures glaces*, et l'acti-
vité de ses garçons n'est rien en comparaison de celle du *glacier* Philippon,
qui a si agréablement rafraîchi le pro-

fesseur avec son *Carlin Débutant.*
grand bien lui fasse.

24 thermidor an 10.

Tous les orages ne sont pas aussi dangereux que celui qui a fait tomber *le Tonnerre* au Vaudeville. Demandez plutôt à cette actrice *pleine d'ingénuité*, qui joua Chimène le 22 thermidor an 10. Geoffroy y était; il raconte la chose comme témoin oculaire : « On la de-
« mandait à grands cris, dit-il , après
« la pièce : elle ne paraissait pas , et ce
« délai ne lui a été qu'avantageux. Pen-
« dant qu'elle faisait sa toilette, *l'orage*
« d'applaudissemens se *grossissait* de
« nouvelles *vapeurs;* quand elle a paru,
« il a *crevé* sur sa tête avec l'impétuo-
« sité de la *foudre.* Mais c'est une es-
« pèce de *tonnerre* dont les actrices ont
« rarement peur. »

Vous voyez donc qu'il n'y a dans ce monde qu'heur et malheur : où l'un se sauve, l'autre se noie, et quand le *tonnerre écrase* quelques malheureux par-ci par-là, il ne fait éprouver à d'autres qu'une commotion délicieuse : au Vaudeville, il *foudroie* deux auteurs ; à la République, il *électrise* de plaisir une jolie actrice; et par contre-tems, Geoffroy sent l'étincelle. Ce que c'est que la sympathie !

8 brumaire an 10.

LES DEHORS TROMPEURS,

ou *l'Homme du Jour.*

Il aurait été bien fâché, le vieux malin, de laisser passer un titre aussi heureux sans jouer dessus : or, vous allez voir le parti qu'il en a tiré: « L'au- « teur de cette pièce était lui-même « *l'homme du jour,* et rarement celui

9

« du lendemain : il n'éblouissait qu'un
« moment par les *dehors trompeurs* d'un
« style brillanté. » C'est possible ; mais
vous, monsieur l'abbé , vous flattez-
vous d'éblouir encore long-tems par les
dehors trompeurs de votre style *pointu?*
En tout cas, vous auriez tort, car
tout s'use.

26 vendémiaire an 10.

En voici un que bien d'autres ont
fait : j'ignore si Geoffroy les a pillés,
ou s'ils ont pillé Geoffroy ; et cela
m'est fort égal. Mais venons au fait :
la Maison Donnée venait de tomber
au théâtre Français ; après avoir rendu
compte de la catastrophe, le rédacteur dit : « On attribue cette mal-
« heureuse nouveauté à l'auteur de
« *Maison à Vendre*. Si ce n'est pas un
« faux bruit, il faut convenir que l'au-

« teur sait mieux *vendre* que *donner*. »
Pas mal ; mais ici l'esprit brille aux
dépens du cœur ; car enfin Duval avait
intérêt que le secret lui fût gardé ; et pour
faire une plaisanterie, charmante à la
vérité, vous publiez sa honte sur les
toits. Sans cette indiscrétion, je conviens que nous eussions perdu un calembourg ; mais vous nous en auriez
si aisément dédommagé dans un numéro suivant !

9 fructidor an 10.

Oh ! parbleu, voici une expression à
laquelle on ne contestera pas du moins
le mérite de la nouveauté ! Lisez, lisez, critiques mal-adroits qui prétendez
qu'il n'y a rien *de nouveau sous le soleil ;* lisez, et dites après si vous ouîtes
jamais quelque chose de pareil à ceci.

« Marivaux (ce n'est plus moi qui
« parle) Marivaux a un *babil* intaris-
« sable : quand il fait parler une femme,
« on dirait qu'il ouvre un *robinet ;* c'est
« un *flux* de paroles qui ne s'arrête
« point. » Hem ! vous ai-je trompé ?
l'aviez-vous vu quelque part ? Que cela
ne vous empêche pas cependant d'aller,
autant que vous pourrez , voir mes-
demoiselles *Contat* et *Devienne* ouvrir
leur robinet dans les pièces de Marivaux. Quant à moi , je n'en perdrai
jamais l'habitude , car j'aime fort à voir
tourner ce *robinet*-là.

2 fructidor an 10.

Le voilà qui *revient encore sur* cette
pauvre Zaïre , pour *l'épuiser* tout à
fait ; et , chose inimaginable, il n'y a
pas un calembourg. — Pourquoi donc
nous en parler ? — Parce que j'étais

bien aise de vous dire en passant qu'il y *épuise* toute la fleur de sa rhétorique pour complimenter mademoiselle Volnais, qui a été intéressante dans Zaïre, malgré Voltaire. Ah! mademoiselle Volnais , si vous êtes cruelle pour le bon homme, quelle ingratitude !

4 prairial an 10.

LES HASARDS DE LA GUERRE.

Ç'aurait été un bien grand *hasard* si Geoffroy n'eût pas *hasardé* quelques calembourgs sur les *Hasards de la Guerre ;* aussi n'a-t-il pas été assez mal-adroit pour en perdre l'occasion. D'abord il commence par dire que «les « couplets du citoyen Maurice (auteur « de la pièce) ont imposé silence aux « sifflets ; ce qui, au Vaudeville, est « le plus grand *hasard* du monde. »

9 *

Et d'un. Poursuivons. « J'ai remporté « (c'est lui qui continue) j'ai remporté « des *Hasards de la Guerre* un *butin* « de quatre couplets. » Et de deux. Ecoutez donc, M. Geoffroy, ce n'est pas tout que d'être.... spirituel, faut encore être honnête. « Les maris, « *dites-vous*, font valoir leur argent; « les femmes font valoir leurs appas. » Cela se voit; mais on ne dit pas aussi crument ces choses-là. Vous avez voulu *faire valoir* votre esprit, et c'est une tentation à laquelle vous sacrifiez tout. J'ai déjà eu mainte occasion de re-marquer que vous n'êtes guère poli pour les dames, et cela fait jaser, je vous en préviens.

29 floréal an 10.

LES PRÉCEPTEURS.

Naturam expellas furcà tamen usque recurret.

Il y a bien environ deux mille ans qu'Horace écrivait cela , et depuis la *nature* n'a pas· changé. A la preuve. Geoffroy est tout rouge de colère à présent : il attaque la pièce , critique les acteurs , injurie le public, parce qu'il n'est pas de son avis : le ton sur lequel il est monté n'est pas du tout plaisant. Hé bien ! au risque de détruire l'harmonie qui règne dans cette série d'injures, il en revient, *ex abrupto* , à sa figure favorite. « Le ban, dit-il , « et l'arrière ban des fanatiques de « Rousseau semblaient avoir été con- « voqués pour solemniser cette reprise « (des Précepteurs) : les *Précepteurs*

« avaient une grande quantité d'*éco-*
« *liers* dans le parterre. » Il est bien
celui-là ; mais je vois avec peine que
la passion l'emporte si loin dans la
phrase suivante : « Ce maussade pé-
« dant de Fabre ne prononce pas quatre
« mots sans y fourrer la *nature*. Ce
« n'est pas, en vérité, une belle *nature*
« que la sienne : il a l'air d'un paysan
« de Normandie à moitié endormi. »
Ah ! M. Geoffroy, comme vous traitez
la *nature* des Normands ! Vous n'ai-
mez pas les pommes, je le vois bien.

18 floréal an 10.

Vous avez vu tout à l'heure Geoffroy
disant, à qui voulait l'entendre, que *les
femmes faisaient valoir leurs appas :*
cela n'était pas fort poli ; je vous l'ai
fait remarquer, je pense. Hé bien !
lisez ce qui suit, et vous verrez comme

il profite des leçons qu'on lui donne.
« L'amour (c'est lui qui parle) l'a-
« mour n'est plus un état de guerre;
« c'est un commerce et un calcul : les
« femmes sont des *effets* dans la circu-
« lation, et les amans des *agens de*
« *change.* » Et les maris? Savez-vous
bien, l'abbé, que j'ai besoin assez souvent de me rappeler que certaine personne fait une heureuse exception aux
politesses que vous distribuez au beau
sexe, pour ne pas concevoir d'étranges
soupçons sur votre compte.

16 floréal an 10.

THÉATRE DE L'OPÉRA.

Sémiramis.

« L'auteur s'est flatté que l'égide de
« Voltaire était un rempart impénétra·
« ble aux traits de la critique. » S'il s'est

flatté que l'égide était un rempart, il a eu tort. Après. — « Il n'a pu concevoir « qu'il fût possible qu'un poëme, *arran-« gé d'après* la tragédie de Voltaire, ne « fût pas un excellent opéra. Il aurait « dû se *souvenir* que les tragédies de « Voltaire ne sont pas elles-mêmes très-« bien *arrangées*.» Se souvenir! Mais pour se souvenir, il faut apprendre; et si l'auteur de Sémiramis ne lit pas le feuilleton, où diable apprendra-t-il que les tragédies de Voltaire sont mal *arrangées?* Pardon, cher lecteur, du *dérangement* que mon interruption cause dans l'admirable *arrangement* des phrases du professeur. Je reprends donc, ou plutôt c'est lui qui reprend: « Les tragédies de Voltaire ne sont « pas elles-mêmes très-bien *arrangées;* « et ce n'est pas par l'*arrangement* « qu'elles brillent : mais ce qui devait « surtout ruiner ses espérances, c'est

« que l'immortel auteur de Sémiramis
« a pris la peine d'*arranger* lui-même ,
« de sa main divine, des opéra qui se
« sont trouvés détestables. Il est vrai
« qu'on peut douter si le cit. Desriaux
« connaissait les opéra de Voltaire ,
« lorsqu'on l'entend s'exprimer ainsi
« sur la difficulté d'*arranger* Sémiramis
« en opéra, etc., etc. » Geoffroy est
nommé professeur d'éloquence au Ma-
rais : s'il sort de son école des gens capa-
bles d'aussi bien *arranger* des phrases,
nous ne serons pas malheureux.

A quoi donc a-t-il comparé l'Opéra
dernièrement?.... Bon, j'y suis : *à un*
café où l'on servait de la musique dans
de petits verres. Ce n'est plus cela maintenant : « l'Opéra est une *cathédrale*,
« et ses acteurs sont d'*anciens chantres*
« dont les gosiers, endurcis à la fatigue,
« ne redoutent pas même les cors et
« les timbales. » A force de revenir

souvent sur les mêmes comparaisons, et d'assimiler les acteurs à des *prêtres*, et les théâtres à des *églises*, le vieux professeur ne s'expose-t-il pas à faire suspecter ses sentimens religieux? Je veux bien croire qu'il n'a pas réfléchi aux conséquences terribles de sa profanation sacrilège : mais, aussi, pourquoi veut-il nous envoyer à la messe de l'Opéra ?

6 germinal an 10.

B A J A Z E T.

«Comment expliquer ces étranges « conclusions d'un critique d'ailleurs « estimable ? (M. de Laharpe.) *Bajazet* « *est un ouvrage du second ordre, qui n'a* « *pu être fait que par un homme du* « *premier*. Je ne puis penser qu'un lit- « térateur ait voulu sacrifier l'honneur « de son art et sa réputation au plaisir

« de faire une aussi misérable anti-
« thèse que celle du *second* et du *pre-*
« *mier.* » Je prends acte de la déclara-
tion, messieurs; je vous prends tous
à témoin du mépris que Geoffroy affiche pour les calembourgs, et je m'en
tiens à la raison que j'en ai donnée dans
ma préface : mais j'ai toujours été satisfait de vous avoir fourni, en passant,
une preuve de ce que j'avais avancé.
D'ailleurs lui, qui trouve un calembourg dans la phrase de M. de Laharpe,
ne peut pas me reprocher d'avoir *éplu-*
ché la sienne.

20 floréal an 10.

« Et la troupe italienne, donc, qui,
« après avoir *déménagé* plusieurs fois,
« est enfin *campée* à Feydeau ! » Celui-
là est campé dans une petite note que
'on aperçoit à peine; mais moi je lis
tout.

10

17 pluviôse an 10.

LES DEUX FRÈRES.

« Cette pièce peut servir de pendant
« à Misantropie et Repentir. Dans
« l'une, ce sont *deux frères ;* dans l'au-
« tre, *deux époux* qui se réconcilient :
« mais les *époux* ont eu bien plus de suc-
« cès que les *frères.*

Il n'y a rien à dire.

25 frimaire an 10.

Dans l'un de mes articles précé-
dens, cher lecteur, je vous ai entre-
tenu de la maladie de Geoffroy. Si
vous ne vous rappelez pas de ce que
j'ai dit, et que vous croyez que la
chose vaille la peine d'être relue, passez à la fin de l'ouvrage ; vous y trou-
verez une table qui vous facilitera vos

recherches : si vous vous rappelez de l'article, ne le lisez pas. Or , comme je vous l'ai dit , et comme il nous l'a dit lui-même, c'est avec *Alhamar* qu'il est tombé. A moins que sa maladie ne lui ait pris subitement , il est à présumer qu'il était malade le jour de la première représentation de cette malheureuse pièce. S'il était malade , il n'a pas dû être aussi plaisant qu'à l'ordinaire ; et nous allons voir à la lecture de l'article à quel degré en était sa maladie.

Allons , je lui sais bon gré ; il ne s'est pas trop égayé aux dépens du *défunt* : il a fait un article assez triste ; ce n'est qu'à la fin qu'il a retrouvé son amabilité , en parlant de mademoiselle Volnais. Comme tout ce qui regarde le précieux objet des tendres soins du barbon est intéressant , je vais transcrire littéralement ce qu'il en dit ;

aussi bien il y a d'excellentes plaisanteries, comme vous allez voir.

« Mademoiselle Volnais , naturel-
« lement timide, a dû être troublée
« de la bagarre (les sifflets). Tant que
« le parterre a été attentif, elle a dé-
« ployé son talent ordinaire dans un
« rôle ingrat et presque tout entier en
« lamentations; mais du moment où la
« confusion s'est mise dans l'assem-
« blée,..... elle a voulu forcer ses
« moyens pour vaincre la tempête :
« quoiqu'elle ne fût pas l'objet des sif-
« flets qui retentissaient dans toute la
« salle, il est toujours désagréable de
« se trouver, même innocente, à pa-
« reille musique. C'est ce jour-là qu'elle
« en a reçu l'étrenne : à présent qu'elle
« a vu *le feu*, elle sera plus *aguérie*. »
Croyez-vous?

23 frimaire an 10.

LEMAN,

ou *la Tour de Neustadt.*

Dès qu'on fera une nouvelle promo·
tion de sergens, avertissez·moi. — Et
la raison? — C'est que la place de capo·
ral est vraiment au·dessous du mérite de
notre héros. Quand on est aussi bien au
fait de ce qui concerne l'art militaire,
on doit obtenir de l'avancement ; et
d'ailleurs, je gage qu'il sait par cœur
les commentaires de Polybe par le che·
valier Folard : lisez plutôt.

« Une pièce à grand fracas, à grand
« spectacle, à grands chœurs, à évo·
« lutions militaires ; une pièce pathé·
« tique, héroïque, tragique, où il y
« a une forteresse, une tour, une ba·
« taille, un siège, du *canon*, ne pouvait

10 *

« guère manquer son *coup*, et devait
« emporter le parterre d'assaut. » *Em-*
porter le parterre d'assaut avec du ca-
non ! Je vous le recommande. — C'est
bon : après. — « La victoire a chan-
« celé pendant quelques instans : quel-
« ques sifflets se sont mêlés au bruit
« des fifres et des trompettes ; mais
« ils ont été bientôt réduits au si-
« lence ; et s'ils eussent voulu con-
« tinuer le concert, la bataille se se-
« rait donnée dans la salle comme sur
« le théâtre : les mesures étaient prises
« pour cela. »

Décidément il faut que je le fasse
placer dans la nouvelle garde soldée
qu'on organise : il montrera l'exercice
parfaitement bien, et je suis certain
qu'il aura fort bonne grâce sous le
mousquet.

15 vendémiaire an 10.

Je ne sais pas trop comment les artistes du théâtre Feydeau prendront celui-là : mais, ma foi, qu'ils s'arrangent
avec Geoffroy ; je m'en lave les mains.
Au surplus, peut-être qu'en faveur des
conseils assez bons qu'il leur donne dans
le courant de l'article, lui pardonne-
ront-ils la réflexion qu'il fait sur leur
compte. Quoi qu'il en soit, quand
une plaisanterie agréable lui vient,
peu lui importe qu'elle choque celui
ou celle qui en est l'objet, et je ne
suis pas obligé de lui montrer plus d'é-
gards qu'il n'en montre lui-même aux
autres. « Les spectacles, pour leur
« intérêt même » (je copie ses expressions mot à mot : dans cette phrase
il ne faut rien perdre) « les specta-
« cles, pour leur intérêt même, ont

« besoin d'une autorité supérieure qui
« arrête leurs querelles, et qui fixe leur
« administration. Les artistes essen-
« tiellement voués à l'*harmonie* sont
« souvent ceux dont l'*ensemble* offre
« le plus de *dissonnances* : il leur faut
« un *batteur de mesure* pour les re-
« mettre à l'*unisson*. »

Qu'entend-il par un *batteur de mesure ?* Si la chose m'intéressait person-
nellement, je lui en demanderais l'ex-
plication, moi, d'abord. J'observe, en
outre, qu'il a, cette fois, choisi les
acteurs de Feydeau pour victimes, uni-
quement par la raison qu'il voulait faire
des jeux de mots sur la musique, attendu qu'un *batteur de mesure* ne serait
quelquefois pas moins utile aux Français qu'à Feydeau.

Hé bien ! voilà un doute qui est une
espèce d'injure ! «Madame Saint-Au-

« bin, dites-vous, a versé des larmes de
« joie en voyant l'accueil flatteur que
« le public lui faisait à sa rentrée. Si
« madame Saint-Aubin a joué le sen-
« timent, elle est bonne comédienne. »
C'est une perfidie calculée que cette
objection-là : pourquoi avez-vous l'air
d'élever des doutes sur la sensibilité de
madame Saint-Aubin ? Je vous l'ai dit,
mon cher abbé, vous n'êtes pas poli du
tout, du tout. Je souhaite que ce soit la
dernière fois que je vous adresse un
pareil reproche.

9 vendémiaire an 10.

ALLEZ VOIR DOMINIQUE.

« Je ne dirai pas aux femmes qui ont
« des nerfs *allez voir Dominique*, car
« ce *Dominique* a des vapeurs, et il
« pourrait bien leur en donner. » Bien

commencé ! « Il y a tel ouvrage de
« Dominique qui , ajusté par une main
« habile , plairait encore beaucoup à
« présent, et c'est alors qu'on pourrait
« dire avec plus de vérité : *Allez voir*
« *Dominique.* »

Encore !

Sous ce costume bergamasque,

(C'est la fin d'un couplet de la
pièce.)

Momus vous a conduit ici:
Et quoiqu'il fût un peu noirci,
Thalie a reconnu son masque.

« Le couplet est mince, et la *pointe*
« assez *grande.* » Peut-être : mais
croyez-vous que la vôtre soit bien
pointue?

Au surplus, à en croire le professeur, « si vous voulez voir un amas

« de matériaux propres à la construc-
« tion d'une pièce, *Allez voir Domi-*
« *nique.* » Comment ! il n'a joué en
tout que trois fois sur le mot ; c'est
modeste. Il nous en dédommagera une
autrefois.

7 vendémiaire an 10.

Il n'y a pas moyen de se fâcher
pour celle-là : je parie même que les
parties intéressées en riront. « Piron
« fit jadis *Arlequin Ducalion*, où le
« monologue est très-obligé, puisqu'il
« n'y avait plus, après le déluge, que
« lui d'homme au monde. Je suis per-
« suadé que sans la crainte de la po-
« lice, Piron eût introduit la femme
« de Deucalion, laquelle aurait parlé
« au moins pour trois acteurs. » Qu'eût-
ce été si Piron eût chargé Marivaux
d'ouvrir le *robinet* de madame *Deu-*

caliou? c'est alors que le *flux* aurait
été bien plus considérable.

On ne donnait pas pourtant ce jour-
là au théâtre Feydeau *la Tour de Neus-
tadt :* pourquoi donc dire que vous n'y
avez pas été, parce qu'il aurait fallu
assiéger la place ? — Parce que je ne
veux pas m'exprimer comme un autre.
— Nous direz-vous du moins où vous
êtes allé? — « A Louvois, où j'ai
« trouvé paix et hospitalité : on y don-
« nait aussi du *nouveau.* Mais il paraît
« que l'ouverture d'un théâtre est une
« *nouveauté* plus considérable qu'une
« pièce *nouvelle......* » L'avez-vous
mis exprès ? — Que vous importe.
« L'on était fort à son aise à Lou-
« vois. *L'Amante Ingénue* est cepen-
« dant un titre assez piquant : les

« *amantes ingénues* sont rares. » —
Vous dites cela parce que vous n'en
avez jamais rencontré. « La pièce ré-
« pond parfaitement au titre : elle est
« de la plus grande *ingénuité.* » — Vous
ne lui ressemblez guère, mon cher
professeur ; car vous êtes malicieux
en diable : on ne saurait trop se tenir
en garde contre vous.

« On disait dans la salle que l'ou-
« vrage était le coup d'essai d'un auteur
« de quatre-vingts ans : c'est *entrer*
« *un peu tard dans le monde.*

« *L'Entrée dans le Monde* précé-
« dait.... » Ah ! petit malin ! vous
l'avez bien fait à dessein pour cette
fois, et je vous défie de dire le contraire. Au surplus, celui-là peut s'a-
vouer ; vous en avez fait de moins jolis.

11

26 brumaire an 11.

Alzire était naguère un *moule à déclamation* : aujourd'hui Geoffroy prétend qu'il y a beaucoup d'actrices qui ne sont que des *machines à déclamation*. Cela est conséquent : et quand on appelle les tragédies de Voltaire des *bamboches*, on peut prendre les acteurs pour des *machines*. Si les comparaisons du professeur sont justes, on ne dira pas qu'elles soient polies.

Je ne pense pas que ce qui suit le soit davantage pour les femmes : mais ce n'est pas sous ce rapport que je l'envisage ; j'ai quelque chose de mieux à y prendre. Vous devinez ? — Un calembourg. — Hé bien, oui, un calembourg dans toute la force du terme. Je copie.

«Voltaire, pour l'honneur de Philoc-«tète, s'est cru obligé d'ôter quelques

« années à Jocaste : d'après sa suppu-
« tation, il établit que Jocaste pouvait
« bien n'avoir que trente-cinq ans,
« et il s'écrie avec un sérieux très-
« plaisant : *les femmes seraient bien*
« *malheureuses si l'on n'inspirait plus*
« *de sentimens à cet âge.* Je ne vois
« pas que ce soit un très-grand malheur
« pour une femme de trente-cinq ans de
« ne plus inspirer d'amour. Voltaire,
« élevé chez les *jésuites*, me paraît
« ici *escobarder* lorsqu'il substitue le
« mot sentiment à celui d'amour.» Il y
est bien, j'espère, celui-là ! Pour l'entendre, il faut savoir ce que c'était que
le père *Escobar*; mais je suppose que
vous le savez aussi bien que moi. Quoiqu'il en soit, j'ignore si c'est à l'école
des jésuites que Geoffroy a pu apprendre que « trente-cinq ans est la frontière
« qui sépare le domaine de l'amour de
« celui de l'amitié. » Mais s'il est con-

vaincu de cette vérité-là , pourquoi nourrit-il, avec complaisance, une passion aussi vive pour notre moderne Gaussin? Il ne peut espérer aucun succès, car il y a furieusement long-tems qu'il a passé la *fatale frontière.*

Premier frimaire an II.

En voici un que le *Journal de Paris* a cité ; mais comme tout le monde ne lit pas le *Journal de Paris*, je l'encadre dans mon recueil. D'ailleurs sa place y est marquée tout naturellement, et je ne sais pourquoi le *Journal de Paris* a empiété sur mes droits; je lui chercherai dispute à la première occasion.

C'était *Rodogune* que l'on donnait ce jour-là. Mademoiselle Raucourt fut redemandée après la pièce. « Mademoi- « selle Raucourt (je cède la plume à « Geoffroy.) mademoiselle Raucourt,

« à qui cette fantaisie du parterre était
« sans doute très-*onéreuse*, s'est fait
« appeler long-tems. »

C'est à mademoiselle Raucourt à
décider de la justesse de celui-là. Je
me borne à vous en faire observer la
gentillesse. A un autre.

28 brumaire.

Ecoutez, l'abbé, je ne me serais
pas donné la peine de relever celui-là,
si vous n'aviez reproché à Laharpe précisément le même, en le qualifiant de
misérable antithèse. — Quand cela,
monsieur, s'il vous plaît? — Vous ne
vous souvenez pas de Bajazet, que Laharpe appelle *un ouvrage du second or-*
dre, qui n'a pu être fait que par un homme
du premier? — Hé bien oui, j'ai dit que
c'était un misérable jeu de mots, et je
le répète.— Oui « *La Ville et le Village*

11 *

« est une pastorale fort innocente: un
« homme et une femme du *dernier* ri-
« dicule et de la *première* fadeur...» —
Je suis pris. —Du moins Laharpe ne va
que du *premier* au *second;* au lieu que
vous allez du *premier* au *dernier* vous:
convenez que vous faites un plus *grand*
saut que lui.

Hé bien, messieurs, c'est pourtant
dans ce même numéro-là qu'il déclare
que «ces malheureux calembourgs ne
« sont qu'un abus déplorable de l'es-
« prit. »

Vous avez entendu l'arrêt. Deux
lignes plus bas vous lisez : «Comment
« ce M. Feuillet, *plus froid qu'un mar-*
« *bre*, est-il parvenu à *échauffer* si fort
« deux petits rimeurs, au point de les
« rendre tout *rouges de colère?* » Vous
ne direz pas qu'en criant plus *haut* contre les calembourgs, il ne s'attendait

point à en faire un plus *bas*. Alors que n'effaçait-il la phrase qui fait son jugement et sa condamnation.

« Et Chazet qui est un *fripier* qui « tient boutique de vers de *hasard !* » Je ne m'étonne pas s'il en veut à Geoffroy. Avez-vous lu son épître ?

Du 10 brumaire an 11.

Vous pensez bien que depuis que Geoffroy a donné de *petites leçons* au grand docteur *Hoffmann*, il ne laisse passer aucune occasion de le mistifier. Dieu sait combien il en a trouvé depuis quelque tems! car l'*exclusif* de l'Opéra-Comique est assez maltraité actuellement par le public. Est-ce la faute du parterre? est-ce la sienne? C'est ce dont je ne m'embarrasse guère. Quoi qu'il en soit, il a dernièrement offert au public de Feydeau une certaine *boucle de* cheveux, à laquelle Geoffroy donne un furieux *coup de peigne* dans son numéro du 10 brumaire an 11.

« *La Boucle de Cheveux*, dit-il, est « une bagatelle bien mince qui ne dé- « ment point la frivolité de son titre : « il n'y a rien de *spirituel* ni d'*aérien* « dans cette pièce ; tout est *lourd* et « *terrestre.* »

Voilà dans ce début, comme bien vous voyez, deux antithèses assez jolies! Le milieu de l'article est consacré à l'analyse de la pièce. Je suis forcé d'apprendre que cela est fait tout *simplement* comme un récit du journal du soir : il n'y a ni sel, ni esprit, ni gaîté ; on croit lire un article de *Brunot*, *le Pan*. Mais si l'adroit professeur a paru tant sobre d'esprit dans le cours du feuilleton, c'était pour nous ménager une surprise agréable ; et dans le fait, il a réservé pour le bouquet un des plus jolis calembourgs qu'il ait lâché de sa vie.

« Les auteurs (c'est lui qui parle)
« les auteurs n'ont point été nommés.
« On soupçonne que l'auteur des paro-
« les est un poëte infatigable qui suf-
« firait seul pour défrayer l'Opéra-Co-
« mique : cependant la fortune volage
« semble se lasser de favoriser ses ou-
« vrages; sa vogue baisse beaucoup,
« et les *gouttes* de ce docteur seront
« bientôt reléguées parmi les *drogues*
« de la vieille médecine. »

Les gouttes d'Hoffmann ! vous devez bien croire que je n'aurais pas oublié celui-là.

25 brumaire.

Encore Zaïre, et toujours Zaïre ! c'est la vingtième fois qu'il *revient sur Zaïre*: certes, la pauvre fille doit être *fatiguée*, d'autant que les *caresses* du vieux professeur sont un peu *brutales*.

« Je crois avoir *épuisé* (vous vous souvenez du professeur en droit de *Poitiers*, et de sa comparaison, laquelle j'ai rappelée dans les six ou sept premiers articles de ce recueil) je crois « avoir *épuisé* toutes les observations « qu'on peut faire sur Zaïre : je pen- « se..... » Puisque vous l'avez *épuisée*, laissez-la donc en repos, mon cher abbé; vous n'êtes pas du tout charitable. Mais je devine. — Hé bien, oui, « je veux renverser le *culte* de Voltaire. « Du moment qu'il est devenu le *pape* « de la philosophie, il a passé pour *in-* « *faillible*, et....... » — Prenez donc garde à ce que vous dites : comparer l'auteur de la Pucelle au successeur de S. Pierre ! Il y a de quoi révolter les dévots et les philosophes : vous allez vous trouver entr'eux comme le voisin de *Sganarelle* entre lui et sa femme, lorsqu'il essaie de rétablir la paix dans le ménage. Vous savez ce qu'il en advint au voisin de Sganarelle : hé bien ! faites-en votre profit.

27 vendémiaire an II.

Savez-vous bien de quoi vivait ce pauvre Voltaire? — Non. — Hé bien ! Voltaire *vivait des restes de Racine*. — Si vous pouviez choisir une expression moins révoltante... — Adressez-vous à qui de droit : cette expression est de Geoffroy, qui, *vivant lui-même des restes de Voltaire*, ne doit prendre sa nourriture qu'avec la plus grande répugnance. — Et pourquoi ? — Parmi les ouvrages de Voltaire qui le font vivre, n'est-il pas vrai que *Zaïre* est un de ceux qu'il met le plus souvent à contribution ? — Oui. — Hé bien ! dans le feuilleton que j'ai sous les yeux, il déclare formellement

què Zaïre *lui inspire le plus grand dé-
goût.* Plaignez donc l'infortuné, et
convenez qu'il est cruel d'avoir un *dé-
goût aussi invincible* pour la nourriture
qu'on prend tous les jours.

20 fructidor an 10.

THÉATRE DE LA RÉPUBLIQUE.

Troisième début de madame Xavier dans

HERMIONE.

Elle avait, cette reine malheureuse,
eu affaire à des sujets si peu respectueux; sa majesté royale avait été tellement baffouée, qu'à moins que Geoffroy
n'eût eu *robur et æs triplex circà pec-
tus*, il ne pouvait raisonnablement son-
ger à rire de sa déconvenue : pour cette
fois, les rieurs n'auraient pas été de son
côté. Pourtant il était bien dur de con-

sacrer un feuilleton tout entier au récit lamentable de la cruelle catastrophe de l'amante du roi d'Epire : qu'a fait notre homme ? Ne pouvant donner carrière à la gaîté de son imagination, eu égard aux évènemens qui s'étaient passés sur le théâtre, il s'est rejeté dans la salle, et a voulu, en faisant un récit exact de ce qui s'était fait avant le lever du rideau, que son exorde au moins fût plaisant, puisqu'il était obligé de prendre sa péroraison dans le genre pathétique. Or, voici cet exorde à quelque chose près :

« Le parterre était nombreux et « bruyant.... il faisait aux loges la « petite guerre.... Un de ces étourdis « a même poussé le jeu au point d'en- « lever un schall avec le bout de sa « canne. » Attention, de grâce ; ici commencent les plaisanteries. « Un « mauvais plaisant, perché aux *troi-*

« *sièmes galeries*, a cru qu'il pouvait
« profiter de la *supériorité* de son siège
« pour traiter le parterre *du haut en*
« *bas :* dans cette idée, le voilà qui
« étale avec complaisance un large
« mouchoir, bravant les cris et la co-
« lère de ceux qu'il voyait placés *si*
« *fort au-dessous de lui*, et que du *faîte*
« *de sa grandeur* il regardait comme
« *des nains.* »

Morbleu! à la bonne heure, voilà
comme je les aime! tout est conséquent
dans cette plaisanterie! Cet homme qui
est aux troisièmes, et qui *profite de la*
supériorité de son siège pour traiter le
parterre du haut en bas, et du faîte de sa
grandeur regardait comme des nains
ceux qu'il voyait si fort placés au-des-
sous de lui! C'est charmant! c'est délicieux, d'honneur! Comme tout se suit!
rien d'étranger à la question : si vous

voulez que nous restions amis, l'abbé,
n'en faites que comme cela.

Mon imprimeur m'a défendu de parler davantage de mademoiselle Volnais.
Ainsi, je vous renvoie au feuilleton
pour voir ce qu'en dit Geoffroy, et
vous me direz ce que vous en pensez.

18 floréal an 10.

Voici une petite anecdote que je suis
bien aise de vous apprendre, si vous ne
la savez pas, ou bien de vous la rappeler, si vous la savez.

Le marquis de Bièvre, qui faisait
des calembourgs pour le moins aussi
bien que Geoffroy, se trouvait un jour
invité à un grand repas. Sa réputation
était faite parmi les convives; et pendant une grande partie du dîné, il
ne la démentit pas : c'était un feu
roulant de calembourgs. A la fin il

s'avisa de demander à une dame de la compagnie un peu d'épinards. Cette dame se fit répéter plusieurs fois la question, et finit par lui dire : Ma foi, monsieur, je n'entends pas celui-là. Le fait est que M. de Bièvre ne prétendait pas en faire pour le moment, et j'ignore si la dame lui fit la réponse qu'on vient de voir, dans la simplicité de son cœur, ou plutôt si elle ne cherchait pas à le *mistifier*, ce qui pouvait bien être. Quoi qu'il en soit, je suis aujourd'hui, moi, vis-à-vis d'un des plus célèbres disciples de M. de Bièvre, précisément dans le même cas que cette dame : je suis tellement habitué à voir des calembourgs chez mon respectable régent, que chaque mot qu'il dit me paraît en être un. Quand il m'arrive, comme aujourd'hui, de ne pas les comprendre, j'avoue humblement mon ignorance, et je le donne à de plus fins que moi.

Le critique fait l'analyse du *Séducteur* de ce même M. de Bièvre, que, par parenthèse, il traite fort bien, apparemment en qualité de confrère, et il termine par ces phrases :

« Rien n'est plus plaisant et plus « vrai que la réponse du valet igno- « rant à qui l'on demande ce qu'il « connaît : *le grand tout.* C'était effec- « tivement dans *le grand tout* que « *tous* ces petits adeptes de la philo- « sophie noyaient leur ignorance. »

Je vois bien qu'il a voulu en faire un, je veux même croire qu'il l'a fait ; mais diable m'emporte si je l'entends.

22 floréal.

C'est un rien, j'en conviens ; mais ce rien-là décèle toujours le talent, et je ne voudrais pour rien au monde

12 *

de passer sous silence le moindre trait
capable d'ajouter un laurier à la cou-
ronne de mon cher professeur. C'est
encore Duval qu'il a choisi pour vic-
time ; mais cette fois il l'a pris par
son côté faible : il jouait dans Mithri-
date; et vous savez que comme acteur,
le cher Duval prête un peu le flanc.

« Duval s'est, dit-il , acquitté du
« rôle d'Arbate avec sa *froideur* ordi-
« naire. Cependant il *s'échauffe* lors-
« qu'il *accourt* pour empêcher Monime
« de prendre le poison. »

Hé bien ! tenez, je suis franc, moi;
je parierais que cette gentillesse est
échappée tout naturellement à Geot-
froy, qu'elle lui est venue sans la chercher ; et sans doute il me saura gré de
lui avoir trouvé de l'esprit où il ne
cherchait peut-être pas à en mettre.

Il est bon quelquefois de relire un ouvrage : à la seconde lecture on aperçoit des beautés que l'on n'avait pas remarquées à la première. Par exemple, moi j'avais glissé légèrement sur *Tarare* , sans y rien trouver digne d'être offert à la curiosité de mes lecteurs ; et voilà qu'en le parcourant de nouveau, j'y rencontre un jeu de mots aussi exact, aussi joli que faire se puisse.

« C'est ainsi que Beaumarchais fai t
« parler *la nature* dans le prologue de
« Tarare :

    « Mais pour moi , qu'est une parcelle
    « A travers ces foules d'humains ,
    « Que je répands à pleines mains
    « Sur cette terre pour y naître ,
    « Briller un instant, disparaître;

« Laissant à des hommes nouveaux,
« Poussés comme eux dans la carrière,
« De main en main les courts flambeaux
« De leur existence éphémère. »

« Comment un poëte peut-il faire « dire *à la nature* des vers aussi peu « *naturels?* »

Il n'a pas mis beaucoup d'*art* à faire celui-là , et c'est précisément pour cela qu'il en vaut mieux.

« Il faut bien avoir la *rage* des jeux « de mots , s'écrie-t-il plus bas, pour « en prêter à des ombres.

Si la manie de faire des calembourgs est une *rage* , je ne m'étonne plus que vous cherchiez tant à *mordre.*

(159)

RODOGUNE.

Je vous ai déjà parlé de Rodogune : j'ai déjà compulsé le numéro dans lequel on parle de cette sublime tragédie. Mal-adroit que je suis ! je n'y avais trouvé qu'à glaner, tandis qu'il offre les apparences d'une superbe moisson !

Voltaire et Dalembert étaient amis, et dans leur correspondance particulière, ils se donnaient de petits noms aimables : par exemple, Dalembert signait *Bertrand*, et Voltaire signait *Raton*. Or donc, dans une lettre de *Bertrand* à *Raton* se trouve cette phrase, du reste assez précieuse : *les pièces de Corneille me semblent de belles églises gothiques.*

Vous concevez bien, ami lecteur, que Geoffroy qui compare, à propos de botte, l'Opéra à une *vieille cathédrale* et ses acteurs à des *chantres*, n'a pas laissé échapper l'occasion qui se présente aussi naturellement de commettre ses impiétés ordinaires. Aussi le brave homme s'en donne-t-il à cœur joie, je vous assure, et pour peu que vous en doutiez, prenez la peine de continuer la lecture de cet article, si tant est que la chose ne vous déplaise point.

« Quand Bertrand, dit-il, compa-
« rait les chefs-d'œuvres du père de
« notre théâtre à des *églises gothiques*,
« c'était dire à Voltaire que ses tra-
« gédies étaient des *temples* d'une ar-
« chitecture élégante et moderne : il
« est vrai que dans ses constructions
« précipitées rien ne sent l'*antiquité*. »

Rien ne sent l'antiquité ! méchant !

pour qui connaît votre tour d'esprit,
ce mot-là en dit plus qu'il n'en paraît dire. Continuons :

« L'élégance y brille aux dépens de
« la solidité : on y aperçoit déjà des
« *lézardes* comme dans la coupole
« du Panthéon, tandis que l'éternité
« semble être le partage des voûtes go-
« thiques. »

Plaisanterie à part, j'aime fort cette
dernière expression, et si je n'avais
craint de déranger la phrase, je ne
l'aurais pas fait entrer dans mon recueil ; ce n'était pas là sa place, mais
une fois n'est pas coutume. Au surplus, il revient assez tôt au genre ba-
din, pour qu'on lui passe cette petite
excursion sur le domaine du bon goût.

« L'*église* *gothique* de Rodogune
« avait rassemblé une foule immense.
« Les *petites chapelles* de Voltaire

« ne sont pas honorées d'un si nom-
« breux concours. »

Hem! *petite chapelle* en opposition
avec *église gothique !* c'est bien avisé!
Malgré cependant tout le respect que
je dois à votre autorité , quoique vous
deviez vous connaître mieux que moi
en *chapelles* et en *églises* , *mon cher
abbé* , je ne puis me dispenser de vous
dire que j'ai eu souvent peine à pé-
nétrer dans *ces petites chapelles* , tant
la foule des *dévots* était grande ; et
ce que vous en dites n'est que pour
mieux cacher votre jeu , car je suis
certain que vous êtes aussi dévot et
plus dévot qu'un autre pour la *petite
chapelle* de *Zaïre :* démentez-moi.

« Tous les connaisseurs ne se lassent
« point d'admirer le génie mâle et har-
« di qui a élevé ce grand *édifice tra-
« gique (Rodogune.)* Corneille préfé-

« rait *Rodogune* à toutes ses tragédies.
« C'est pour cela que Voltaire a *tourné*
« contre cet ouvrage immortel tous les
« *traits* de sa critique ; mais ils viennent
« se *briser* contre un pareil *colosse.* »
C'est fort bien ; mais *émousser* aurait
mieux valu peut-être que *briser*, et puis
colosse donne l'idée de quelque chose
de *gigantesque* plutôt que de *majes-
tueux* ; et ce n'était pas là votre inten-
tion. Je fais cette remarque en passant,
parce qu'une erreur de votre part tire à
conséquence, et qu'on n'est pas professeur d'éloquence impunément.

A propos, vous n'avez pas oublié les
surnoms ; vous vous souvenez que Vol.
taire s'appelait Raton : hé bien, s'il
vivait encore, il serait obligé de faire
patte de velours, car le terrible Geoffroy annonce qu'il va lui *rogner les
griffes.*

Risum teneatis.

13

Convoi et inhumation d'Achille et Déidamie au théâtre du Vaudeville.

....Achille est mort ; ne troublons point sa cendre : aussi ferai-je, et je le laisserai dormir en paix à côté de Déidamie jusqu'au jour de la résurrection. L'ami Geoffroy n'est pas tout à fait aussi indulgent que moi ; il s'égaie avec un sang-froid révoltant sur le trépas de ce héros ; il insulte à ses derniers soupirs. J'ai déjà eu occasion de remarquer, et je remarquerai encore une bonne fois, par la suite, que le vieux stoïcien ne se fait aucun scrupule de tourner en dérision les choses les plus respectables, et qu'à tout propos il trouble la cendre des morts.

Jugez donc comme il rit de la culbute de ce malheureux Achille, qui ressemble tantôt *à Gilles*, tantôt *à*

Pierrot. Et ne croyez pas qu'il épar-
gne davantage le roi *Licomède*, lequel
est tout juste la copie de *Cassandre :*
« Ce qui tourmente surtout ce pauvre
« roi, dit-il, c'est de savoir si les fem-
« mes des rois grecs seront fidelles pen-
« dant leur absence, et si les *vain-*
« *queurs de Troie* , à leur retour chez
« eux, ne trouveront point *la place*
« *prise.* »

J'espère qu'il est bien conditionné
celui-là ! Toutefois si les femmes
peuvent être comparées à des cita-
delles, il faut convenir qu'en les as-
siégeant avec adresse on en obtient
souvent les clefs à très-bonne compo-
sition, et que rarement elles atten-
dent l'assaut pour capituler.

20 et 27 thermidor an 10.

Je voudrais bien pouvoir mettre
plus de variété dans mes articles, mais
en vérité c'est bien difficile ; je suis
le feuilleton pas à pas, et mon guide

me conduit presque toujours dans les mêmes chemins : ce n'est pas ma faute. Je sors à peine d'une *citadelle*, que je me trouve tout étonné d'en escalader une autre : mais aujourd'hui je m'engage très-formellement à rester à la porte, lorsqu'il prendra fantaisie à mon conducteur d'en visiter de nouvelles. Ce n'est pas l'embarras, il est assez bon ingénieur, et, au besoin, il pourrait occuper une chaire à l'école Polytechnique. Voyez, de grâce, avec quelle sagacité il découvre « qu'*Oreste* et *Sé-* « *miramis* sont les deux *endroits faibles* « d'une immense *citadelle* élevée avec « beaucoup de soins et de travaux. « Mais, ajoute-t-il, quand on serait « maître *de ces deux passages*, il y a « encore loin de là au *corps de la place*, « qui passe pour imprenable, suivant « les règles de l'art, à moins qu'il ne « survienne une *tactique* neuve. »

Et sans doute le professeur se flatte

de l'avoir trouvée, cette tactique. Voilà ce qu'il appelle *rogner les griffes de Raton*. Le pauvre homme !

Ce que dessus est extrait du feuilleton du 27. Pour en finir tout de suite avec *Sémiramis*, j'ai réuni dans ce même article celui du 20, qu'il est très-bon que vous lisiez pour apprendre que « la reine de Babylone « est pleine d'*enflure*, que toutes les « actrices qui ont joué ce rôle ont encore « core enchéri sur les *ampoules* du « poëte, qu'elles ont cru relever ce « qu'il y avait de bas dans les craintes « et les doléances de la reine en ou- « trant son orgueil, et qu'elles ont « SOUFFLÉ des vers déjà tendus « comme des BALLONS. » Comparer les vers de Voltaire à des *ballons !* Vous ne croyiez pas dire si juste, mon cher professeur. Oui, ce sont des *ballons* qui, en dépit de vous, *s'élèvent* jus-

13 *

qu'aux cieux, et que *les pointes de votre critique* ne pourront jamais atteindre, dussiez-vous, nouvel *Encelade*, entasser, pour y parvenir, *Ossa* sur *Pelion*, et l'*Olympe* sur l'*Ossa*.

Vous n'êtes pas toujours aussi heureux dans vos comparaisons, et je chercherais vainement à donner un tour aimable à celle-ci : « Sémiramis, « avec sa bouffisure, est devenue une « marchande d'orviétan, qui en im- « pose à la multitude par de grands « mots. » Convenez au moins que depuis long-tems elle a eu le secret de jeter *de la poudre aux yeux* de bien du monde. Si vous avez conservé *les visières nettes*, tant mieux pour vous; mais il ne faut pas vous imaginer non plus que vous n'ayez affaire qu'à des aveugles. Vous pensez être encore au tems où, assis dans votre chaire de rhétorique, vous endoctriniez quelques écoliers qui juraient *in verba magistri* : mais désabusez - vous ; quoique vous proclamiez Sémiramis *marchande d'or-viétan*, vous aurez peine à nous per-suader qu'elle ne débite que *des dro-gues.*

Parbleu, si nous oublions que Vol-taire a fait ses études *aux Jésuites*, ce ne sera pas votre faute : vous avez dit naguère que vous n'étiez pas sur-pris d'avoir vu un écolier des *Jésuites escobarder*. Aujourd'hui vous dites à propos de ces deux vers de Sémiramis :

Croyez-moi; les remords, à vos yeux méprisables,
Sont la seule vertu qui reste à des coupables.

« Etait-ce donc à un disciple des « *Jésuites* de faire *prêcher* à Sémiramis « la doctrine de *Jansénius?* »

Ce n'est pas *la grâce efficace* qui vous a dicté celui-là.

15 fructidor an 10.

THÉATRE FRANÇAIS.

Début de Mme Xavier dans SÉMIRAMIS.

Encore Sémiramis ! Mais vous nous aviez dit , dans l'article précédent , que vous en aviez fini. — Patience , cher lecteur, patience; je vais laisser, selon ma parole , la reine de Babylone dormir en paix ; je n'évoquerai plus ses mânes davantage : mais permettez-moi de vous dire quelque chose du préambule :

« La brusque interruption des dé-
« buts de mademoiselle Duchesnois ;
« son éclipse totale au moment de
« son plus grand éclat ; sa lettre
« au comité , sa maladie , sont
« autant d'énigmes qui mettent nos
« beaux esprits à la torture. Déjà de
« profonds politiques ont risqué leurs

« conjectures sur ce mystère des cou-
« lisses ; ils ont disserté gravement sur
« la *fièvre tierce*, sur les intérêts des
« puissances dramatiques. Il est cer-
« tain que la *fièvre tierce* n'est pas or-
« dinaire, dans les grandes chaleurs de
« l'été ; il est plus sûr encore que les
« applaudissemens prodigués à made-
« moiselle Duchesnois pouvaient don-
« ner LA FIÈVRE à ses rivales,
« que...» — Vous verrez qu'il leur a
tâté le pouls. — Je le pense. — Hé
bien, que dites-vous de l'article ? —
Il y a *du chaud et du froid*. Mais con-
tinuez. — Volontiers : « Le théâtre
« Français est une *lanterne magique*;
« les débutantes y paraissent et dis-
« paraissent comme des *ombres chi-*
« *noises* : nous avons..... » — Mais il
me semble qu'il a dit la même chose
du Cours de Laharpe. — Assurément.
— Pourquoi donc se répéter de la sorte?
— Quand on veut faire de l'esprit tous

les jours, il faut que l'on se répète,
ou qu'on laisse échapper de tems à
autre quelque balourdise.

17 fructidor an 10.

Est-ce ma faute à moi si toutes les
fois que l'occasion s'en trouve, il a quelque chose de flatteur à lui dire ? —
Non : mais vous nous avez promis des
calembourgs, et mademoiselle Volnais
ne lui inspire que des madrigaux. — Et
si ce que je vais vous citer avait toute la
prétention d'un calembourg, que diriez-
vous ? — Je dirais que.... Mais voyons.
« On trouve que mademoiselle Volnais
« est une Andromaque bien jeune; mais
« il y a à ce théâtre tant de *mères* qui
« jouent *les jeunes filles*, que, par com-
« pensation, on peut permettre *à une*
« *jeune fille* de jouer *les mères*. » Hé
bien? — Toujours l'épine auprès de la
fleur ! Le malin vieillard ! Un compli-
ment à l'une, des injures aux autres :

— c'est pour obéir aux lois de l'*équilibre*.
— Soit ; mais rarement il penche du *bon* côté.

20 vendémiaire an II.

On me l'avait toujours dit , mais je répugnais à le croire , on m'avait toujours dit que les gens trop bien partagés du côté de l'esprit avaient rarement un bon cœur. Cette observation n'est pas très-flatteuse pour la nature humaine , et cependant j'ai sous mes yeux la preuve qu'elle est fondée. Geoffroy est, sans contredit, au-dessus de tout ce que nous avons vu paraître de gens d'esprit depuis un siècle. Hé bien ! lisez le feuilleton de ce jour , et vous verrez avec quelle grâce il plaisante *l'Honnête Criminel* , non pas l'ouvrage, qu'il appelle une *parade* , mais le trait qui en a donné l'idée à *Fenouillot-de-Falbaire*, et le vertueux jeune homme qui en est le héros : vous jugerez du degré de sensibilité de l'abbé Geoffroy

quand vous verrez comparer l'action
sublime d'*André*, qui se dévoue pour
son père, au commerce infame de cer-
tains fripons qui, pour de l'argent,
remplaçaient, il n'y a pas encore long-
tems, *leurs confrères sur le tabouret* !
Il faut furieusement de calembourgs
pour faire oublier ces gaîtés-là ! En
voici déjà un à compte dans le même
numéro :

« La scène représente *le port de*
« *Toulon. Le galérien André* est le pre-
« mier qui se présente : on voit bien
« que c'est là son *théâtre.* »

Assez joli ; mais il ne lui méritera
pas encore l'absolution.

8 frimaire an II.

Ce n'est pas pour la première fois,
c'est pour la vingtième, que le régent
plaisante Monvel sur son âge, et je ne

vous en aurais rien dit ; c'était mon in-
tention : mais aujourd'hui ses plaisanteries ont une touche si aimable, que
vous m'auriez su mauvais gré de les
avoir oubliées.

« *Monvel représente* trop naturelle-
« ment *Venceslas* : il est pour l'art dra-
« matique dans le même état de *cadu-*
« *cité* où se trouve ce bon roi de
« Pologne par rapport à l'art de ré-
« gner : la *vétusté* de son organe rend
« sa déclamation lourde, » etc.

Et mademoiselle Gros « qui a été
« applaudie par quelques *miliciens mal*
« *disciplinés*, qui *partaient* tantôt trop
« tôt, tantôt trop tard, et paraissaient
« *très-novices dans la manœuvre !* »

Si vous leur aviez montré l'exercice
seulement quinze jours, mon caporal,
ils n'eussent pas été aussi gauches, je
vous assure.

9 fructidor an 10.

Jeu de mots , et rien de plus : mademoiselle Desrosiers , qui a débuté dans les *Utilités*, pourra être fort *utile*. Je ne vous arrêterai pas là-dessus plus long-tems, car , en vérité , cela serait fort *inutile*.

13 fructidor an 10.

Il est quelquefois d'assez bon conseil, le vieux papa. Cependant j'ignore si les acteurs du théâtre Français lui sauront gré de celui-là : toujours est-il vrai de dire que s'il était suivi cela ferait tort à leur recette.

L'ÉCOLE DES PÈRES.

« La salle était *déserte* : les *pères* « d'aujourd'hui n'ont pas besoin d'al- « ler *à l'école* ; n'ont-ils pas leurs en- « fans pour *précepteurs ?* »

———

Que je suis donc malheureux d'avoir ma collection des feuilletons dépareillée ! Voilà ce que c'est que d'en avoir prêté !... Si j'avais ceux qui me manquent, je vous ferais part encore de quelques calembourgs de l'abbé ; faute de pouvoir citer au juste les dates , je me vois forcé de vous en priver...... Mais pourquoi donc? si Geoffroy m'interpelle, j'en serai quitte pour compulser: jusqu'alors vous vous en rapporterez à ma parole, s'il vous plaît.

Je vous apprendrai donc que le jour de la première représentation de *Phædor et Waldamir*, lorsque Monvel dit : Emmenez avec vous ces *animaux fidèles*, le public a *rompu les chiens* ; que *Vieillard*, auteur du Premier Homme du Monde, est *bien jeune* pour le talent; que Cliton, le valet du *Menteur*, est un *auditeur des comptes*; que *Chazet, Dieulafoi* et *Dubois*, qui ont donné au Vaudeville *le Terne*, sont eux - mêmes un *terne bien sec*; que Lanoue , auteur et acteur, s'est rendu doublement coupable en *ratant la Coquette Corrigée*, etc. S'il m'en vient d'autres, je vous les donnerai par supplément; mais convenez que j'en avais réservé de bons pour la clôture !

17 frimaire an 11.

La clôture ! Oh, par ma foi, non ! en voici un dans le journal d'aujourd'hui, dont je me ferais scrupule de vous priver :

« Dans Emilie il y a des *figurantes* « qui *figurent* bien mal ! »

Vous conviendrez que celui-là devait nécessairement *figurer* ici.

15 frimaire an 11.

J'en suis fâché pour mademoiselle Volnais, mais elle a maintenant une rivale redoutable dans mademoiselle Georges. « Beaucoup de gens voudront « la *posséder*. » Seriez-vous du nombre, l'abbé? «Mais il faut qu'elle *se possède* « elle-même : *le frein* lui est plus né- « cessaire que *l'aiguillon*, » etc. Quel dommage que je sois obligé de finir ! combien j'aurais dit de jolies choses là-dessus !

F I N.

TABLE GÉNÉRALE.

(182)

FIN DE LA TABLE.

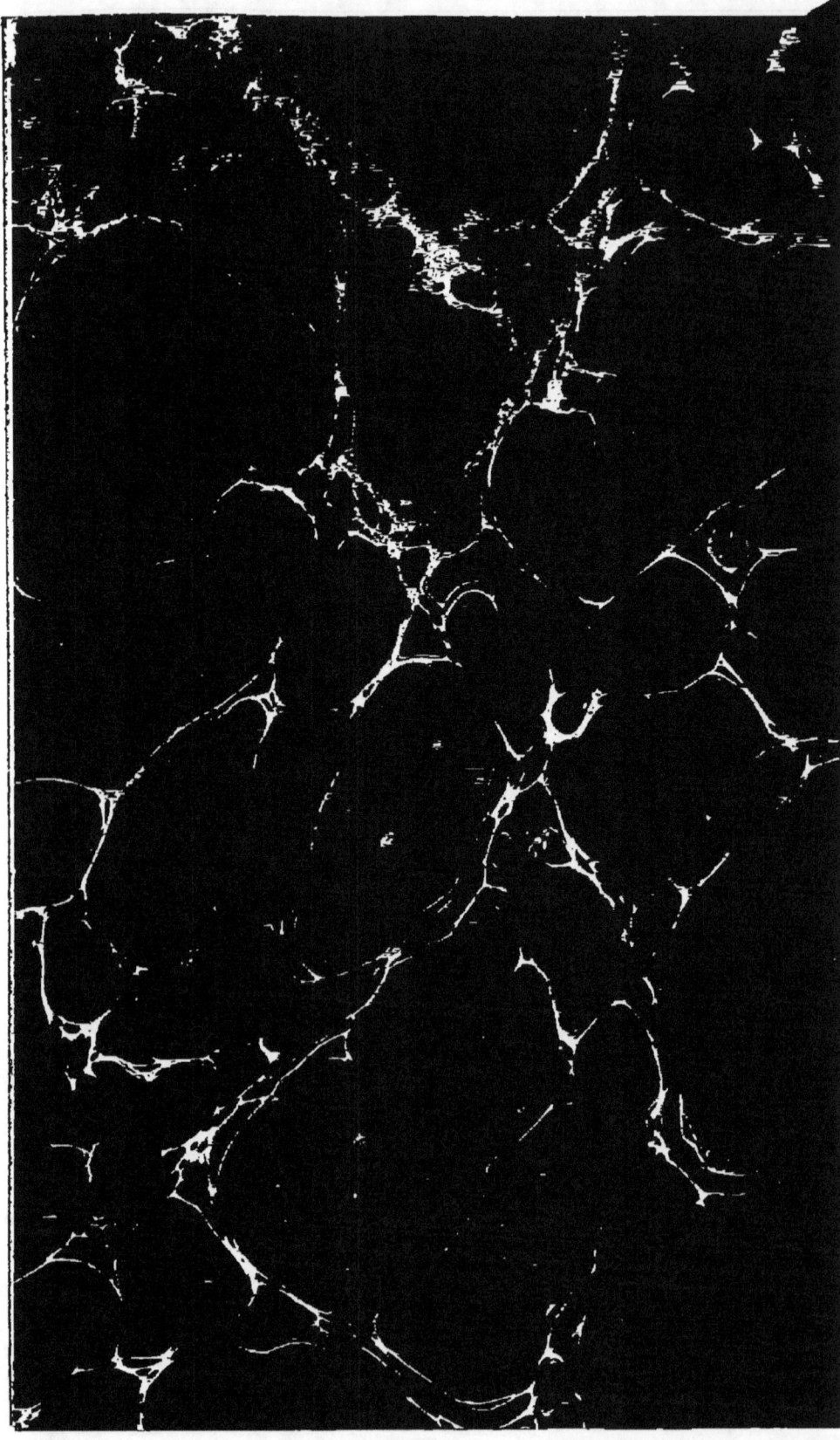

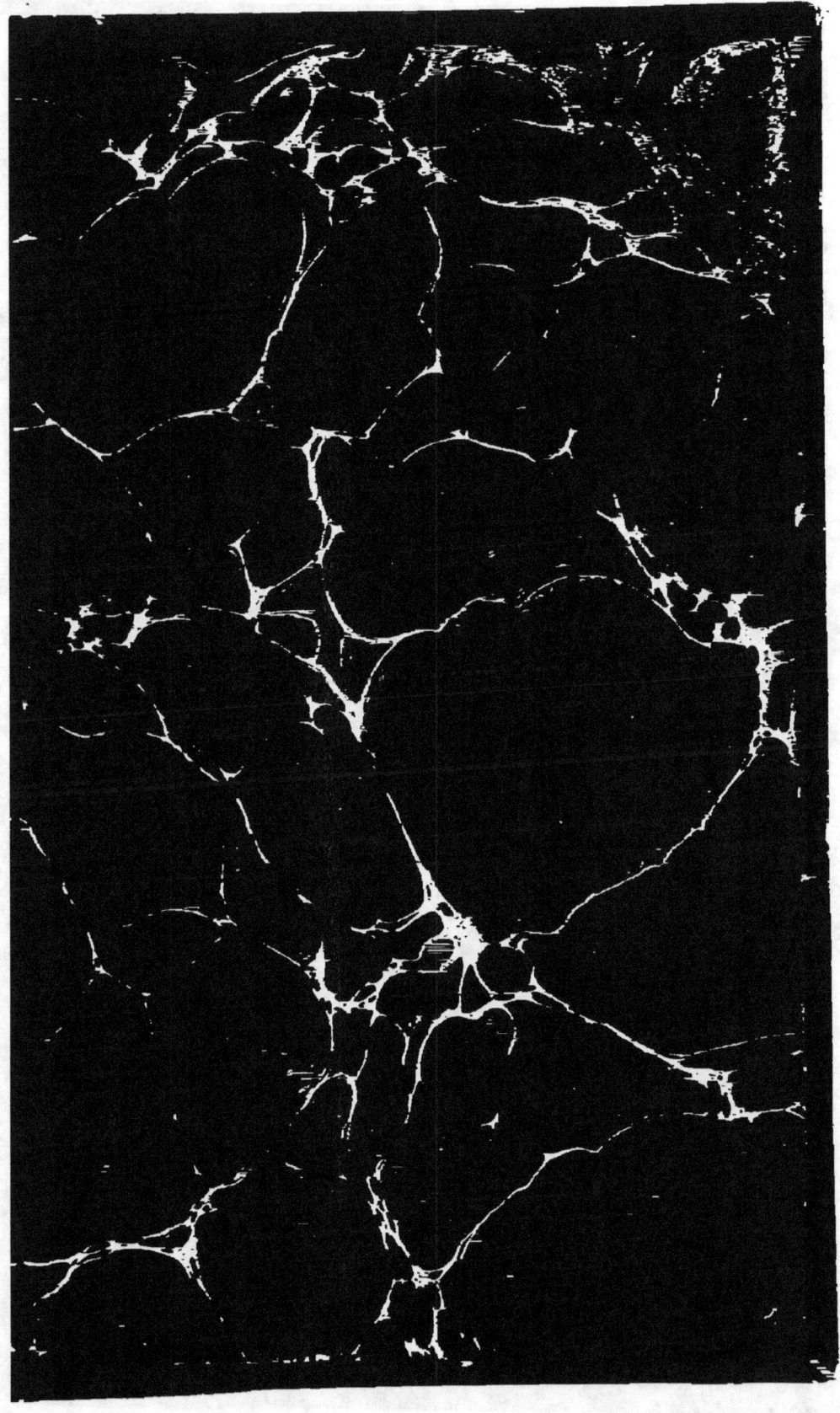

www.ingramcontent.com/pod-product-compliance
Lightning Source LLC
Chambersburg PA
CBHW070847030726
47504CB00005B/1243